JN243667

ムーンナイト・ダイバー

moonnight diver

tendo arata

天童荒太

文藝春秋

ムーンナイト・ダイバー

目次

写真　岡本隆史
装幀　関口聖司

ムーンナイト・ダイバー

第一部

1

眠気を誘う穏やかな海の上にのぼった立待月《たちまちづき》が、闇の底から町をすくい上げる。

満月から二日が過ぎた立待月は、やや欠けているにせよ丸くふくらみ、雲なく晴れた夜のため、目立った産業のないこの海辺の町をほの明るく照らし出している。

瀬奈舟作《せなしゆうさく》が小型トラックを走らせている海岸通りに、明かりの灯っている家は少ない。じき午前一時という時間のせいもあるが、家に人が住んでいない場合がある。

通りの向かって右手、突堤との狭間の海沿いに長く伸びる空き地同然の土地には、新しい建材を用いた洒落たデザインの住宅が、ぽつん、ぽつんと、間を置いて建っている。

白、あるいはベージュ色の壁や、青なのか紺なのか、もしかしたら海に合わせたらしい色の屋根が、月の光を淡く照り返している。外海に面した窓から望む景色は、きっと広々と開け、晴れた朝はもちろん、今日のような月夜もまた、さぞ賛嘆の吐息が洩れることだろうと、何も知らなければ羨ましく感じもする。

だが、道路からは見えない海側の壁やバルコニーが、見るも無残に壊れていたり、家のなかの柱や階段や土台部分などに修復の難しい損壊が生じていたりして、人が住むことはできない家屋なのだという。

これらの家々は、新築か、もしくは近年建てたもので、土台のコンクリートと上の家屋をしっかりとつなぐ工法だったのだろう。その周りにあった古い家々は、土台の上に家屋をただ載せるだけの旧来の工法だったゆえに、当時、ほとんどが一瞬のうちに波に押し流され、引き潮にさらわれて、消失した。向かって右手の海沿いの土地が、空き地同然に見えるのは、そのためだ。

残存している住宅の所有者は、住むことができなくなっても、建てた当時に契約したローンの返済を抱えており、それ以上のリフォーム代や解体費用はとても払えず、被害を受けた日からすでに四年半近くが経過しているが、当時のまま放置しているケースが多いのだと、知人から聞いた。なかには、所有者自身もその当時に亡くなって、負債の相続を親類縁者が放棄し、いまもって処分が決まらない家屋もあるらしい。

東日本を縦に貫く国道は、深夜も多くの車が行き来し、要所要所でガソリンスタンドや飲食店、コンビニなどが軒を連ね、月の光を隠すほどに、まばゆい光を周囲に投げかけている。だが、国道に沿って走る地元住民のための海岸通りには、いまは行き交う車が一台もなく、人の姿も見かけない。

この町は避難指示区域には入っていない。だが四年半近く前、かなりの数の住民が一時避難し、その後、この土地で生まれ育った中高年の多くは戻ったものの、幼い子どもを持つ家族連れは、おおかたが避難先に身を落ち着けてしまった。さらに、地元の漁業や水産加工の仕事で暮らしを立てていた住民が少なくなかったこともあり、時間が経つごとに、町に残っていた人々でさえ、少しずつ離れているのが現状だと聞く。

暦では秋でも、夏はまだ去《い》かずに残り、小型トラックの窓は開けている。だが、人の声や音楽など、生活の音は一切聞こえてこず、凪《な》いでいるためだろう、波音さえ届かない。

舟作は、小型トラックのスピードを、法令で許されている最高速度よりも十キロ近く落として、着実に路面をとらえて走っていた。月は明るいとはいえ、街灯が少なく、車のライトだけでは、道路の陥没や、何かしらの落下物に気がつくのが遅れる心配があるためだ。

この町には、子どもの頃の夏休みによく訪れていた。街灯はもっと間隔をつめて立っていたと覚えている。あの日に、街灯も電信柱も信号も、そのほとんどが根もとから折り曲げられ、断ち切られたのだろう。いまなおこれらも完全には復旧していない。

それでも電気が通っているだけ、ましなのかもしれない。もっと北に上《のぼ》ったところの海沿いの町は、いまだに電気が通らず、片付けなどのために一時帰宅が許された住民も、午後四時には町を出なければならない。復旧作業にあたっている作業員たちも、日暮れ前には去り、月だけが太古と変わらない闇に覆われた町を照らすという。

目指す漁港に近づいた証《あかし》として、見慣れた急なL字カーブにさしかかった。

舟作は、小型トラックが止まってしまう間際までスピードを落とし、ほぼ直角に折れた道に沿うようにハンドルを大きく切った。ヘッドライトが前方を、サーチライトのように正面から右へと順に照らしてゆく。

雑草が生い茂るあいだに、コンクリートの瓦礫《がれき》が次々と浮かび上がってゆく。元は住宅の基礎部分や柱をなしていたもので、途中で折れたり、崩れたり、欠けたりなど、激しい暴力が通り過ぎていった痕跡を、当時のまま残している。断ち切られた鉄筋が、枯れた尾花のように先端を曲げた形で、ところどころから突き出ている。頑丈に作られていた大黒柱だろうか、二メートル前後の高さまでコンクリートの柱が残っている場所がある。また、二階へ上がる階段だけが残り、周りはすべて消え去ってしまっている場所もある。

浮かび上がった四、五軒の住居跡の背後には、いまもって撤去作業の進んでいない元住宅や元商店も数多く存在している。

この辺りは、押し寄せる波が集まりやすい地形の具合で、ひときわ高い波が堤防の遥か上を越えたと言われている。いま舟作が車を走らせている道路の右手、より海に面した土地に並んでいた住宅は、ほぼ瞬間的に消失したらしい。その場所には、いま土が高く盛られて嵩上《かさあ》げされ、狭いけれども緑地公園が作られようとしている。工事の途中のため、小型のパワーショベルが盛られた土の上に置かれたままになっている。

小型トラックの後輪が固い障害物に乗った。工事の際に出た大きい石でも、道路に落ちていたのだろうか。後輪はすぐに下りたが、その際に車体が大きく揺れた。拍子に、助手席で腕を組んで眠っていた松浦文平《まつうらぶんぺい》の首が大きく弾んだ。だが、荒波に揉まれることに慣れているベテラン漁師は、その程度の揺れでは目を覚まさない。

ほどなく右手に、低い岩山が見えてきた。この岩山の下を走る道路を、反対側に抜けたところが漁港になっている。

地形がもたらした偶然だろう。この低い岩山のこちら側、すなわち住宅地側は高い波に襲われ、大勢の人間が命を失い、家屋が消失した。なのに、岩山を越えた先、さらに遠い先の岩山とのあいだの、陸地側にやや引っ込んだ小さな湾を利用して、遠い昔に作られた漁港は、大きな被害はなく、ほとんどの漁船が無事だった。

これより北の漁港では、震源に近かったせいもあり、多少陸地側に引っ込んでいる漁港でも、大きな被害を免れなかった。漁港全体が破壊され、漁船も多くが失われ、七、八十センチの地盤沈下もあって、いまも幾つかの漁港は本来の機能を取り戻すに至っていない。

ただ、漁に出られない点では、この漁港も同じだった。

当時の災害によって生じた事故で、海水が汚染され、魚介にも深刻な影響が出た。時を経るごとに海の汚染濃度は下がり、文平の話によれば、現在は県の漁業協同組合連合会による、国の安全基準よりも厳しい自主基準での検査で、漁獲物の安全性は裏付けられている。だが風評や、まだ多くの魚介に対する国の出荷制限が縛りとなり、一部での試験操業を除いて、本格的な操業は自粛中だった。

舟作の生まれ故郷であり、生活の場でもあった漁港は、それよりさらに北に上った場所にある。海にも陸にも懸念される汚染の状況はなく、水揚げされた魚介藻類は全国に出荷されているものの、やはり当時、港は壊滅状態となり、いまもって復興半ばで、全盛期の漁に戻るにはまだ長い時間が必要だと言われている。

月明かりに闇がほのかに溶かされて、フロントガラスの向こうに漁港が見えてきた。岸に係留されている漁船や、漁協の支所ビルも、おぼろなシルエットで浮かび上がる。

漁港の中心部に向かって坂を下りてゆく手前で、舟作は小型トラックを止めた。

道路の右側に、岩山の手前からずっと設置されていたガードレールが、三メートルほど切れて、浜へと降りられる階段が設けられた場所だった。

舟作はサイドブレーキを引き、道路に降りた。薄手のトレーナーに、ジャージーのズボン、靴下をはいたサンダルばきという格好は、昼だと暑いが、この時間ではちょうどよい。

このまま二百メートルほど坂を下った先の漁港は、彼の属していた漁協の管理と多少は異なっていても、文平によれば、ほとんどの漁師が沿岸漁業で食っていたというから、人の動きも物の流れもさほど変わらなかっただろう。

本来いまくらいの時間なら、駐車場の外灯はまばゆく照っているものだ。漁師たちの車が隙間なく、それも小型トラックやワゴン車ばかりではない、若い衆が自慢げに買った高級車も、あちらこちらに止まっていただろう。漁港の中心にある漁協の支所ビルには、煌々《こうこう》と明かりが灯り、漁場次第で一時間前後の差はあるにせよ、職員たちが出港したばかりの漁船団を見送ったり、出港の遅れている漁船の船長や船員にハッパをかけたりしていることだろう。気の早い海鳥たちも、水揚げ場の上空を飛び交い、鳴き交わし、漁港全体がちょっとした祭りの様相を呈していたはずだ。

なのにいま、漁港は人の声ひとつせず、外灯は消え、漁協の支所ビルは闇に沈み、海鳥の声も聞こえない。潮の匂いに、油くささを感じない。それを寂しく感じるのは、舟作がかつて同業だったからだろう。

水平線の手前に揺らめく美しい漁船の灯が、まったく見られないことにも、わびしさを感じる。沖合は、ここからでは平原か砂漠と変わりなく、ただ照り返される月の光の帯が手前から水平線まで限りなく伸び、絶え間なく揺れていることによって、海だとわかる。

舟作は、あらためて漁港一帯にも、いま来た道の後方にも、まったく人の気配がないのを確かめて、車のなかに顔を戻した。

「文《ぶん》さん。文さん。着いたぜ」

舟作の父親と同級生で、今年六十六歳になる男は、起きているときはさほどでもないのに、筋肉がゆるんでいるせいか、眼窩《がんか》と頬が落ちて、ずいぶんと老いを感じさせた。剛健な印象があった舟作の父親も、生きていれば、このような老いを寝顔に見せただろうか。

「始めるぜ、文さん」

文平の、痩せてはいても、漁師らしく筋肉の盛り上がった肩に手を掛ける。

「健太郎《けんたろう》……」

文平が、舟作と同い年の跡継ぎの名前を呼ぶ。四十一歳の舟作とは、小学生の頃からだから約三十年、いとこのような付き合いをしてきた気の優しい男だったが、漁ができなくなった代わりに賠償金が三カ月に一度は入ることから、手持ち無沙汰の日々のなか、ついギャンブルにのめり込み、多額の借金を作って、いまは故郷を追われている。

「おれだ。舟作だ。港に着いた、始めるぜ」

文平が目を開いた。バツが悪そうに辺りを見回して、五十年余り網を引いて固くなった手の平で、海焼けした顔をぬぐう。表情に、いつもの老練さや狡猾《こうかつ》さがあらわれてくる。

舟作は、運転席の足もとに置いてあったランタン型のLEDライトを点け、荷台のほうへ回った。ライトの吊り紐を、荷台と運転席のあいだの鳥居と呼ばれるガードフレームに掛け、荷台上の大型収納ボックスを開ける。

ボックスのなかから、ドライスーツ、インナーベスト、フルフェイスマスク、グローブ、フィン、ウエイトと呼ばれる鉛の錘《おもり》を入れたベルト、BCと呼ばれる浮力補整器、水中ライト、ヘッドライト、水中カメラなど、スクーバダイビングに必要な器材を取り出し、道路に置いてゆく。最後に、ボックスの底に横にしておいた空気の入ったタンクを持ち上げ、これも慎重に道路に置いた。収納ボックスを閉め、ライトを鳥居から外し、荷台の脇を軽く叩く。

この間に運転席に回っていた文平が、合図を受け、漁港の駐車場に向けて小型トラックを出した。

舟作は、ライトを掲げて、浜へ下りる階段を照らした。漁港の端に設けられた浜は、主に釣りのための、ときには見突《みづ》き漁と呼ばれる、水中を箱メガネでのぞきつつ、柄の長い漁具で魚や貝類などを獲るおりに用いるための、小型ボート専用の係留場だった。いまは、五艘の小型ボートが陸に揚げられている。

うち一艘の文平の持ち船を見つけ、階段を降り、ボートのそばにライトを置いた。道路に戻り、ダイビングの器材をすべて浜まで下ろし、タンク以外はひとまずボートに積んでゆく。ボート内には、ライフジャケット二着、オール二本、伸縮型の釣竿、貝入れ網、折りたたみ式のアンカー、ロープ、竹筒の束、船縁《ふなべり》に掛けるタイプの簡易ハシゴが積んであり、船外機もすでに取り付けられていた。夕方に一度、近くに自宅のある文平が訪れて、用意しておいたものだ。

舟作は、サンダルを脱ぎ、安物の腕時計を外し、ジャージーのポケットに押し込んでおいたビニール袋に時計とサンダルを入れ、ボート内に置いた。

ボートに積んだ器材のなかからインナーベストを取り上げ、トレーナーの上から身に着ける。

肩から股間まで胴部を完全に覆う形で、薄手の防弾チョッキに似ていた。ある種の物質から、内臓器官を防護する目的で開発されたものだという。

次に、ドライスーツをコンクリートを打った地面に下ろし、身に着けやすい形に広げる。内部に水が侵入しないように作られたワンピースタイプで、ブーツと、頭部を覆うフードも一体になっている。

舟作は、漁に出ながら、二十代でスクーバダイビングのインストラクターの資格を得た。そのとき、自分のからだに合わせてオーダーメイドのドライスーツと、ウエットスーツを、ともに注文した。さすがに当時のものは、擦れるなどして使えなくなり、これは三着目のドライスーツだが、からだのサイズは若いときとほぼ変わっていない。

外部の水にふれないことを考えれば、グローブも一体となったタイプのドライスーツを選択する道もあったが、深夜の海に一人で潜る、しかも決して油断のできないポイントへのダイブだけに、使い慣れたものを一番の選択基準にした。

靴下の内側に、ジャージーのズボンの裾を入れ、ドライスーツのブーツ部分に片足ずつ入れていく。ウエットスーツほど密着していないので腰まですぐにはいて、サスペンダーを肩に掛け、腕を通す。最後にフード部分に、これはやや苦労して首を入れる。窮屈だし、インナーを着ているので、かなり暑くなる。顔の出ている部分を調節し、顎の下に少し隙間を作って、一度しゃがんで、スーツ内の空気を抜く。顎のところの隙間をなくして立ち上がると、きゅっとスーツが締まる感じが得られた。

「今日の波はよさそうだな」

文平が、駐車場に車を置いて戻ってきた。裸足にサンダルばきで、階段を降りてくる。手にさげた、帰港時に必要になる燃料を入れたプラスチック容器を、ボート内に置く。

「文さん、後ろを頼む」

舟作は、彼に背中を向けた。二十センチくらい文平のほうが小柄なため、ひざまずく。

「雲も少ねえし、月も明るい。これならポイントまで順調に行けるだろ」

文平が、舟作の着たドライスーツの背中のファスナーを、慣れた手つきで閉めた。

「おまえも、いい感じで潜れるんじゃねえか」

舟作の肩を叩いて合図を送り、文平がボートのなかをのぞき込む。

長さ八十センチほどの竹の筒をタテ半分に切ったものを、三十本ほど、ロープで縛って、ボート内に置いてある。彼は、その竹の束を持って、波打ち際まで十メートルほどの坂を下り、なじみの犬の頭を撫でるように左手で海水にふれた。そうしたふれ合いによって、今日の波の具合や、漁の調子までが判断できるのか、

「よしよし」

と、海に向かって言い、竹の束を海水につけてから紐をほどいた。彼は、タテ半分に切った竹筒の、丸みのあるほうを上にして、波打ち際から持ち船に向かい、一定の間隔を置いてレールのように敷いてゆく。

そのあいだに舟作は、手首のところから水が入ってこないようにリストシールを巻いた。

地面に横にしておいたタンクを起こし、ライフジャケットに似た形のBCをボートから下ろして、背中の部分にタンクをセットする。外れないよう、ベルトのバックルを固く締めてロックす

る。

次に、呼吸をするためのレギュレータをタンクに取り付ける。BCの内部に空気を入れたり出したりして浮力を調節するパワーインフレーターを、レギュレータから伸びる中圧ホースとつなぐ。タンクのバルブを開き、タンクにどのくらい空気が残っているかを残圧計でチェックする。問題はなく、顔全体を覆うフルフェイス型のマスクと、レギュレータとをつなぐ。マスク内に空気が供給されるかどうかも試してみる。

「舟作。いまさら、のことだから聞かずにいたんだが、ちょっと教えてくれねえか」

竹のレールを敷き終えた文平が、いつのまにかそばに立ち、舟作の準備を見ていた。

何のことだ、と、舟作は目で問い返す。

「その、酸素ボンベごと、リュックサックみたいに背中にしょい込むやつだよ。カカアが、リュック、リュックって呼ぶんで、バカヤロー、違うよって言ったんだ。じゃあ何よ、と聞くんで、ビーエスだよ、って答えたら、それは衛星放送だろって笑われてな。言い返せずにいたんだ。あとでガツンと言い負かしたいんで、教えとけよ」

「BCのことか」

「ああ、ビーシーか。横文字はわかんねえな。そんな呼び方しかねえのか」

浮力補整器、と訳される英語の略だが、説明が面倒くさい。

「ない。BCはBCだ。空気を自由に出し入れできるライフジャケットみたいなもんだ。海のなかで、ほどよく浮ける。あと、背負ってるのは、酸素ボンベじゃない。タンクだ。なかには酸素だけでなく、空気が圧縮されて入ってる」

舟作は、もう一度装着した器材の具合がすべて問題がないかチェックして、タンクごと器材をボートに積んだ。

「ようし。じゃあ、そろそろ行くか」

文平が首を左右に倒して鳴らし、ボートの右舷に手を置く。

舟作は、LEDライトをボートのなかに入れ、左舷に手を置いた。

波のタイミングを見計らい、ちょうど寄せてくる頃合を見て、文平が声をかける。

「押せっ」

それぞれが、海に向かってボートを押した。

ボートは、坂に敷いた竹のレールの上を滑って、海へと降りてゆく。竹と船体がこすれ合う音が、波音を消して高く響く。

ボートが坂を下り切る。ちょうど寄せてきた波に、ボートの船底が乗る。波を静かに弾き、船体を傷つけることなく、ボートが海に浮かんだ。

2

舟作は、そのまま膝のあたりまで海に入った。

波に持っていかれないように、ボートを手で押さえておく。

文平がレールに用いた竹を集め、束にして縛り、ボートを陸揚げしてあった場所に置いた。がに股で坂を下り、よいさ、と声を発して、ボートの船尾側に乗り込む。

舟作は、文平がバランスを取って、反対側に身を傾けたのを確認して、ボートを軽く海に向かって押しつつ、乗り込んだ。

船尾にいる文平と向かい合わせになる恰好で、舳先《へさき》側のスオートとも呼ばれるボートの漕ぎ手が座る横木に、舟作が腰を下ろす。文平が、舟作にライフジャケットを放り、それぞれで身に着ける。

舟作は船底からオールを取り上げ、ブレード部を海面に下ろして、漕ぎはじめた。互いに口をつぐみ、オールが波を切る音ばかりがつづいた。

小型ボートの係留場は、ほかの漁船の係留施設とは、防波堤で仕切られている。さらに沖合に出るまで、別の防波堤がS字状に組み合わさっている。舟作は、オールを巧みに操作して、向かって左側から突き出している防波堤をかわし、次に右側から突き出している防波堤をかわして、湾の外へ出た。

「おうし、いいだろう」

文平の指示を受け、舟作はオールをボート内に収めた。いったん立って、からだを舳先に向けて座り直す。

文平は、スクリューが船体より上になるように傾けていた船外機を、運転できる位置に戻し、スクリューを海中に下ろした。燃料コックレバー、およびシフトレバーを操作して準備を進め、グリップを握って、スターターロープを強く引く。

エンジンは一度で始動した。以前であれば誰も気にしない程度の音なのに、いまは港一帯にエンジン音が響きわたる。文平がスロットルを操作して、エンジンの回転を調節したのち、シフトレバーを前進側に入れた。

ボートがゆるやかに進みだす。文平がエンジンの回転を上げてゆく。ボートの舳先が波を切り、跳ねる勢いで走りはじめた。

漁港の灯台は、漁ができなくなって以降も灯りつづけている。海に投げかけられる光の下をかいくぐり、太平洋の沖へ向かって走っていく。岸から見られることを用心して、舟作はLEDライトを消した。

海は、今日のように凪いで平面に見えても、ところどころ小さなコブが突き出ているかのように、ボートは波に乗り上げ、舳先が上がる。と思うとすぐに落ち、どんと音を立てて船体が弾む。

舟作は、タンクが転がらないよう、BCごと足下に踏んで押さえておいた。

しばらく走りつづけ、ボートが一定のスピードを保って安定したところで、

「舟作よぉ、今日あたりは、幾つか大物を引き上げてやれや」

エンジンの音に抗して、文平が声をかけてきた。

「こないだみたいな不漁じゃあ、本当に潜ってるのかどうか、疑われちまうぞ」

舟作は口のなかで返事をした。

「なんじゃ？」と、文平が訊き返す。

舟作は、首だけを少し後ろに振り向けた。

「あの程度で疑うなら、はなから、こんなことは頼んでこない。そんな相手なら、こっちも引き受けちゃいない」

ま、そりゃあな……という文平のつぶやきは、風に押され、かすかにしか届かない。いや、だ

から……と、彼はまた声を高くして、

「わしが心配してるのは、あン人らの宝物を、ちょこちょことでも引き上げてやらねえと、そろそろあきらめてしまうかもしれねえぞ、ってことよ。かわいそうだろ」

文さんが本当に心配してるのは、あン人たちがあきらめたら、おれたちにとっては馬鹿にならない臨時収入が、なくなってしまうことだろ……。言い返そうとして開いた口を、舟作は閉ざした。口達者な相手の言い訳が、二倍にも三倍にもなって返ってくるだけだ。

舟作は子どもの頃から、人一倍口が重かった。死んだ兄には、頭の回転が遅いんだと、よくからかわれた。舟作にすれば、自分が発しようとする言葉に対して、相手の返事や態度が先回りに予想できることがあり、堂堂めぐりになるか、考え方の違いで説得できないことがわかって、もういいや……と、あきらめるように口を閉ざすことのほうが多かった。

舟作が答えないので、文平もひとまず彼が納得したと思ったのか、それ以上は話しかけてこなかった。

北へ向かう視線の先に、沖を行く船の灯が見えてくる。目を上げていけば、海との境目がわからないうちに空となったことが、星のまたたきによって知らされる。船の灯よりも柔らかい印象がある一方で、星明かりのほうがまばゆい。

こんな時間にもフライトしている飛行機があり、一等星と紛う光が点滅しながら空をよぎってゆく。どこへ行くのかと灯火を追って、さらに首を起こせば、月が陸上にいたときよりもいっそう明るく舟作たちのもとへ光を注ぐ。この光によって、波がわずかに立った部分が銀色に、波の影になったところが黒く、明暗の縞が彼方までつづいている。

月のそばで一つの光が燃え上がる印象で明度を増し、斜め下へと走り、光の像を残して消えた。願い事をする年ではない。なのに目にするたびいつも、ああ、何か願っておけば、と惜しい想いが胸の隅をよぎる。

文平の舵取りで、沖に向かっていた舳先が、次第に岸のほうへ直ったらしい。ボートの向きと、波の動きが交差するときに、船体がそれまでとは違った揺れ方をする。

遠方の低い位置のところどころに、まとまった光の集積が見えてくる。陸に開けた町であり、光の数が多いほど人口が多いということだろう。以前ならば、もっと多くの光が、もっと密に、海岸線に連なって見えていた。だがいまは、闇に沈んでいる場所のほうが多い。

さらに岸側に向かって、ボートが大きくカーブしてゆく。

これまで死角に入っていたせいだろう、いきなり横合いからぶつけられる印象で、高い照度のライトが幾つも灯る地域が岸側に見えた。

街ではない。街ならば、もっと広範囲に光は点在するし、住宅の灯はもっと優しい。家やビルのような囲いに入っていない、高い照度の光が放たれている場所は、海岸線に沿っておおむね横に一キロ程度の距離に集中している。その両側が延々と深い闇に沈んでいるせいで、いっそうその場所の異様さが際立つ。

文平は、その過剰なほどに明るい光へ向けて、まるで誘蛾灯に向かって飛ぶ虫と同じに、ボートを近づけてゆく。

舟作と文平は、その場所をどちらからともなく、〈光のエリア〉と呼ぶようになっていた。

野球場のナイター照明を想像すれば近いが、それにしては広過ぎる範囲を照らす光は、海にも影響を与え、岸から海へ向かって長く伸びている南北の防波堤の影が鮮明に浮かび上がっている。巨大なカニが左右のハサミで防御の姿勢を取るかのように、南側の防波堤がより海に突き出す一方、北側はやや後方に控える形で構え、その狭い隙間を波がすり抜けた先には、波除堤《はじょてい》が長く構えて、多少の高波など撥《は》ね返す造りになっている。

そばまで近づくと、防波堤の高さにさえぎられて何も見えなくなるだろうが、まだ距離があることで、防波堤や波除堤の向こう側の、嵩上げされた陸地と、高く掲げられた照明灯、そして照明灯の光に照らされる巨大な建造物が望める。

ことに照明を強く浴びているのは、この〈光のエリア〉のほぼ中央に構える、三階建てのビル程度の高さを持ち、自動車工場のように横に長く伸びている、二棟の建屋《たてや》だった。

この二棟の建屋の向こう側、おおむね両端にあたる位置に、白い壁らしきものに覆われた別の建屋の上部が一棟ずつのぞいている。本来は、手前の建屋の向こう側には、四棟の建屋があったと、舟作は四年半近く前の報道によって、初めて知った。だが一棟は上部が大きく崩れたせいで、建屋を覆うカバーは低く設けられ、もう一棟は外見上は無事のため、いまは何かで覆われることなく、結果的に四棟並んだうちの中央の二棟は手前の建屋にさえぎられて、海上からは見えないらしい。

夜空に向かって高々とそびえている排気筒が、建屋のそばに二本、少し離れた場所にもう一本、都合三本立っている。排気筒の高さに目を誘われて見上げれば、奥には多くの光源があるのだろう、エリア全体の上空が昼間と変わらない明るさを保っているのがわかった。

舟作たちの乗る小型ボートが〈光のエリア〉に近づくにつれ、鉄を打ったり穿《うが》ったりする、高層ビルの建築現場など、大規模な工事の現場で聞くのに似た音が、海面を渡って響いてきた。

建屋の周囲や、排気筒の近くには、かなりの数のクレーンのアームが見られ、その幾つかが上下、左右にと動いている。あの場所で生きている人間がいることの証だった。

だが、ボートからの距離はまだ遠く、海面と陸地との高低差がかなりあって、海側からは、実際に陸地で活動している人間の姿は見えない。向こう側からも、防波堤より外の海をわざわざ見張っている者はいないだろう。

防波堤の先端が間近に迫ってくるように見えたところで、文平が舵を操作し、防波堤の外側を北に曲がって、〈光のエリア〉から遠ざかりはじめた。

この付近の海で、子どものときから父親や友人とよく釣りをしたという文平は、時間や場所による潮の流れの変化を熟知していた。〈光のエリア〉が後方に去ってほどなく、文平はまた舵を切り、深い闇が広がる岸側へと近づいてゆく。隣のエリアから漏れてくる明るさと、月の光が浮かび上がらせる陸地側の起伏を確認して、文平がエンジンを切った。

海面を伝わってくる工事現場から発せられるのに似た音が、いっそう大きく聞こえ、波を小刻みにふるわせる気がする。舟作たちのほうで多少音を立てても、聞きとがめられる心配はまずない。

舟作は、また舳先に背中を向ける恰好で座り直し、オールを手に取り、ブレード部を海面に下ろした。波を立てずにオールを扱い、ボートを進ませる。

背中を向けているため、岸側の闇は見えない。だが、背中の神経がしびれてくるくらい、失われた場所の存在を強く感じながら、ゆっくりと漕いでゆく。

いまでこそ慣れはしたものの、二回目までは、オールを持つ手がふるえた。

初めてこの場所を訪れた今年の四月上旬、空には満月が照っていた。雲がやや多かった。雲から月が出るたびに、凪いだ海は明るく照り映えた。けれど、隣接する〈光のエリア〉の異常な明るさに目がくらまされていたせいか、満月の光といえど、闇の底からすくい上げられているはずの、失われた町の情景は、なかなか視界にとらえることはできなかった。

あの夜、舟作は、場所を間違ったのではないか……文平が行き先を勘違いしたのではないか、と疑った。いや、そうであればと願ったのだ。心の底では、やはり見たくなかったのだと思う。

だが、次第に目が慣れて、雲から自由になった月が、太陽の反射光を惜しまず投げかけた先に、かつての人々の生活の場が見えてきた。

月下の情景と向き合い、舟作も文平も、何も言えず、ただ目を見開いていた。

腹の底から、次々とこみ上げてくる想いに、感情が追いつかなかった。身のすくむ恐怖が、身が引き裂かれんばかりの悲しみと化し、煮えくり返るような怒りが湧いて、闇雲に叫びたくなり、叫びがどこにも届かないことの空しさに足もとから崩れそうになる。なぜだ、なんでだ、とつぶやきが洩れ、意識せぬままに涙が流れていた。

舟作の生まれ故郷も、波に流され、押しつぶされ、断ち切られ、消し去られた。

漁船内で作業をしていた両親と兄は、陸上で横倒しとなった漁船内で、潮が強く香る泥を全身にかぶった状態で発見された。

被災後の故郷の町を、舟作はよろめくように歩き、ときに四つん這いになって進んだ。泥や砂や埃や木屑や鉄粉やコンクリート片や、もう何が何かもわからないものが入り交じった粉塵が舞い立つなかを、喉がかすれて、声が出なくなるまで叫びながら、生存者を捜そうとした。

何度も家屋の残骸や、うずたかく積もった泥の壁に行く手をさえぎられて立ち往生しつつ、右に進み、左に進み、結果的には遺体ばかりを見つけだす作業となった。両親と兄の状態が、まだ幸せだったと言えるような遺体を、何体も目にし、実際に手を取ってコンクリートのあいだから引っ張り出そうとして、無力なおのれに、その場にうずくまって声を上げて泣いた。

だから、知っている。身のすくむ恐怖も、身が引き裂かれんばかりの悲しみも、煮えくり返るような怒りも、闇雲に叫びたくなる想いも、叫びがどこにも届かないことの空しさも。なぜだ、なんでだ、とつぶやきが洩れる現場は、知っている。体験している。

なのに、月の光に浮かび上がった、かつての町の姿に衝撃を受けた。

きっとあの日以来、ほとんど人の手が入らずにいた場所であるがゆえだろう。

防護服を着た警察官と住民が、時間を限って行方不明者の捜索に入ったという話は聞いている。また雨も降れば、風も吹き、ほかの海沿いの地域と同様に地盤沈下が起きているだろうから、満潮時には奥のほうまで波に洗われ、時間の経過とともに、多少の変化はあるに違いない。けれど、あの日以来、復興を願って、多くの人々の手や足や、車両や機械が入った場所と比較すれば、あの日の出来事をそのまま保っている場所と言えるだろう。

故郷の惨状は、舟作にとって忘れられるものではない。だが、四年半近い歳月のあいだに、崩れたものや、壊れたものや、潰れたものは片づけられ、復興のために邪魔となるものや、使えないものは整理されていく景色を、両親と兄の墓参のたびに見るにつけ、いつのまにか当時の現場の生々しくむごたらしい印象は薄らいでいった。少しくらい薄らがなければ自分の精神《こころ》がもたない、という意識がどこかにあったのか、とも思う。

月明かりだけで、はっきりすべてが見えなかったせいも、あるのかもしれない。

はっきり見えたならば、あるいはほかの地域が、ときにそうであるように、もともとここには民家もアパートも商店も学校も病院も役場もなく、ただ見えるがままの、雑草の茂るなかにコンクリートのかけらが転がっているだけの空き地ではないのか、と思えたかもしれない。

いわば、夢幻的な情景だったがゆえに、記憶と想像力とをかき立てられて、かえって鮮明に、肩を寄せ合うように建て込んでいる民家が見え、窓に明かりの灯るアパートやマンションが見え、町の人々が行き交う商店街が見え、子どもたちが学んでいる学校や、遊んでいる幼稚園が見え、高齢者が通う病院も、人の出入りが絶えない役場や郵便局も、見えてきたのだ。自分たちが何を奪われ、何を失ったのかを、眼前に見せつけられている想いがしたのだ。

訪れたのが満潮に近い時間であったため、海水が陸地の奥深くまで入っているらしく、波が何かに当たって白くひるがえるように光るのが、月に淡く照らされていた。

茫然と見つめるうち、ほの白い波が繰り返しひるがえる光景が、白い鳥のはばたく姿に見えてきた。

「サンクチュアリ」という言葉が、頭に浮かんだ。

九歳の長女が、バードウォッチングが好きだった。七歳の長男も一緒に連れて、ときおり水辺の公園へ出かけ、鳥の保護区を見学する。柵を設けて人間が立ち入れないようにしてある鳥の保護区が、バード・サンクチュアリと呼ばれていた。

人間の立ち入れない聖域。神聖な場所。そのイメージが、ほの白く立ち上がってひるがえる波が、はばたく鳥に見えたときに思い起こされた。

ここはサンクチュアリなのかもしれない、と。

だから、目の前の海もまた、聖域の一部かもしれない、と。

自分たちは、その禁を侵そうとしている……だから、きっと罰を受けるようにも思った。

「おうし、いったん止めろ」

文平の言葉で、舟作はオールの動きを止めた。

月明かりに浮かぶ周辺の様子を確かめて、文平が手振りで、もう少し左、と指示を出す。

舟作がボートを進め、また文平が止め、波の動きを見つめてから、

「大体この辺が、前回から十メートル前後、南にずれたところだな」

と言い、折りたたみ式のアンカーを開き、ロープが結ばれているのを確認して、海中に下ろした。アンカーはほどなく海底に達し、ロープの目盛りは水深八メートルを示した。

舟作は、ランタン型のライトを小さく灯し、ライフジャケットを脱いだ。ダイビングの器材をあらためて点検し、まず鉛の錘が入ったウエイトのベルトを腰に巻いた。人間のからだは浮力を持っているため、錘を身に着けないと潜れない。

BCに袖を通して、タンクを背負う。腰のところでベルトを締め、バックルを留める。胸のところでもベルトを締める。フードの上から、フルフェイスマスクをかぶる。空気は供給されており、鼻で呼吸ができる。目と鼻を覆うだけのマスクとの差は、鼻呼吸ができることと、マスク越しに話ができること、そして海水に顔がふれないことだ。マスクに隙間ができないよう、ストラップをしっかり留める。

グローブをそれぞれの手にはめ、文平が、舟作のはめたグローブの上からリストシールを丹念

に巻く。これで、舟作のからだで外部に直接出ている部分はなくなった。

潜水時間や浮上速度を知らせ、減圧症を防ぐ機能を備えた、腕時計タイプのダイブコンピューターを、舟作は左手首に巻いた。

潜水時に灯すヘッドライトを、フルフェイスマスクと一体化するようにベルトで留める。潜水後に手に持つ水中ライトは、BCの胸のところにさがっているDリングにストラップをつないで、どちらのライトも点灯するかを確認する。水中カメラも、別のDリングにストラップをつなぎ、邪魔にならないようBCのポケットに入れておく。最後に、フィンを両足にはいた。

「おい、大事なものを忘れるな」

文平が、貝入れ網、あるいはさざえ網と呼ばれる、潜り漁で獲った貝類を入れておく、網状の漁具を舟作に渡した。網の口は金属製で大きく開き、網は長く後ろに伸びる造りになっている。獲物を網の口から入れれば、しぜんと網の底に落ちていく仕掛けだ。貝入れ網の紐を、腰のウエイトのベルトにつなぎ、海中ではからだの後ろに流れるように調整する。

舟作はもう一度装備を点検し、船縁に腰を掛けた。

背後の海面を確認する。波は月の光をはね返し、その下に隠れているものを見せない。

なぜ潜る。聖域かもしれないのに、禁を侵せば、罰せられるかもしれないのに。

いや、だからこそ潜るのだ。誰も潜らないから、誰かが潜らなければいけないのだと信じる。

この海の下には、答えがある。そんな気もしていた。何の答えか。問い自体を、舟作自身わかっていない。なのになぜか、ここに、この海の下に、答えがある、という感覚が強くあった。

舟作は顔を前に戻し、息を整え、文平に向けて、指でOKサインを出す。文平がうなずく。

左手でマスクの前面とヘッドライトを、右手でマスク後部のストラップとヘッドライトのベルトを押さえ、タンクの重みを利用して、すうっと後ろ向きに海に落ちた。

3

タンクを負った背中から海に入るため、身に受ける衝撃は軽い。

海水が、舟作の侵入にふるえ、荒れ、押し返そうとし、やがて受け入れ、落ち着くまでのあいだ、水の悲鳴か怒号かと思う様ざまな音が、自分の呼吸する音を押し退けて、フルフェイスのマスク越しに聴覚を支配する。

BC内に空気が入っているため、浮力によってすぐに肩から上が海面に浮かぶ。文平がボートの上で、LEDライトを手にしているのが目に入る。

その光を受け、自分のからだを見回し、海にエントリーした際に失われたものがないかどうか確認する。

問題はなく、親指を下に向ける潜降のサインを文平に送る。文平がOKサインを返す。

舟作は、パワーインフレーターを左手に持ち、肩より高く掲げて、排気ボタンを押す。BC内の空気を抜き、肺のなかの空気も吐き出しつつ、足から海のなかへ降りてゆく。

頭部が完全に海のなかに入る。周囲は闇に包まれ、泡も見えない。右手でヘッドライトのスイッチを入れる。目の前の海水が暗い灰色に浮かび上がり、それよりやや白っぽく目に映る小粒の泡が無数に立ちのぼっていく。

降下していく感覚を、全身で繊細にとらえる。一メートルも潜らぬうちに、耳抜きをする。マスクはシリコン製で鼻の部分が柔らかく、つまんで息んだり唾を飲んだりする方法もとれるが、舟作は子どもの頃から潜り慣れているので、舌の根もとを上顎に向かって押し上げるようにすると、耳管が開いて、耳抜きができた。潜降のあいだ、何度も繰り返し耳抜きをする。

四月上旬にこの海を下見した際と、その約三週間後に初めて潜ったときも事前に、小型ボートからライトで海中を照らしながら箱メガネでのぞき、海中にエントリーしたおり、すぐに障害となるような物体がないかどうか調べていた。

この辺りの水深は七、八メートルと、文平の経験だけでなく、実際にアンカーを下ろして計り、わかっていた。だから、海にエントリーしてすぐに障害となる物体として考えられるものは、沈んでいる漁船だった。また、流された家屋も想定した。あるいは、海底に沈んでいる家屋や車などを土台として、その上から海面へ突き上げる形で立っているかもしれない鉄塔や電信柱のようなものも頭に入れた。

太陽のもとではないため、何度も辺りを行き来して、二人は交互に海中をのぞいたり、岩にしがみついた貝を獲るときに使う、長い柄のついた鉤《かぎ》で執拗に海中を探ったりなど、慎重な上にも慎重を期して、危険となる物体がないことを確認していた。これまでおおむね月一回のペースで潜って、今日は七度目のダイビングだった。潮流による変化はあるにせよ、大体の海底の様子はつかめている。

ゲージで現在の水深を確認しつつ、ヘッドライトで照らして、砂地が広がっていることが確認できた場所に着底してゆく。前傾姿勢を保ち、砂や泥を巻き上げないように足を動かすことなく、フィンの先から海底に着く。次に膝を着け、両手を着ける。

ＢＣの胸もとのＤリングにつないだストラップをたぐって水中ライトを左手で握り、ライトのスイッチを入れる。狭く閉ざされた個の空間から、外界に向けてドアを開け放した感覚で、海中の世界が広く眼前に開けた。

この近辺を船が通ることはなく、失われた町から廃水などが流れ込むこともなくなったからか、水自体の濁りはさほどない。だが一方で、海底に堆積している砂や泥は、四年半近く前に深いところまでえぐられて、すべて新しく入れ替わったせいだろう、いまなお舞い上がりやすく、腐蝕した木屑や鉄屑など様ざまな粉状の塵も、潮の流れに従って、引いては寄せるを繰り返している様子で、視界が遠くまでは及ばない。

そのため、扇形に伸びる水中ライトの光は、十メートルよりも遠く、静謐な無彩色の世界を照らし出しはするものの、目に入る物体が何であるのか、具体的に判別できるのは、三、四メートル先の近さになってからであり、それ以上は、何かしら陰影によって存在が認められる程度であった。

舟作は、自分の周囲を順に照らして、捜索の障害となる物体が近くにないかどうか確かめた。暗い灰色に見える水のなかに、藻が付着している大小の岩や石が転がり、こまかな粒の塵が浮遊しているのが見えるばかりだ。

だが、岩だと思っていた影が、近づいてみると、押しつぶされてほとんど円形になった乗用車だったことがある。いま手を置いている場所も、平らな砂地と思っていても、少し掘ってみれば、車のボンネットや、家屋の壁だった……ということはありうる。

パワーインフレーターでBC内に空気を少しずつ入れ、からだを浮かせてゆく。フィンの先はまだ着底しているが、上半身が浮いてゆく。さらに空気を入れつつ、からだをそっと海底から押し放す。沈みもせず、海面まで浮き上がりもしない、海中をいわゆる無重力に近い状態で遊泳できる、中性浮力という状態が保たれるよう調節する。

ゆっくりフィンをキックして、からだを安定させ、あらためて海底に向かう姿勢を整え、ライトを向ける。粗い砂や泥に覆われた、起伏の多い海底が、光の輪のなかに捉えられる。

海底に近い場所でフィンを上下に動かすと、底の砂や泥が舞い上がりやすい。平泳ぎのときの足の使い方に似た、あおり足、というフィンワークを用いて、少しずつ進みながら海底を探ってゆく。

通常の海よりも不自然に段差のある場所が、海底のあちらこちらに見られる。砂や泥の下には、ゆるやかな潮の流れだけでは崩されない固体が潜んでいることをうかがわせる。

ほどなく白っぽい壁が行く手に立ちはだかった。水中ライトの光のなかでは、色は濃い灰色に映る水の色を基調として、それより白っぽいか、あるいは黒っぽいかしかわからない。

壁の全貌を確かめるため、ライトを動かして探ってゆく。三メートル程度の高さの、いたるところに貝類や甲殻類が付着しているコンクリートのかたまりが、二つ連なっている。元はたぶん防潮堤の一部だろう。周囲に、もう少し小さい、一メートルから二メートルくらいのコンクリートのかたまりも複数重なっていた。

そのコンクリートの集積場にからみつくようにして、元の形がわからないくらいにねじ曲がった鉄骨が沈んでいる。鉄骨には、海草状の水屑《みくず》がまとわりついた電気コードの束が、深海に暮らす異様に身長のある魚か海蛇の死体のようにぶら下がっている。そのコードに沿って光を動かしていく。海底から信号機のライトの部分が半分突き出していた。

舟作は、ライトを左手に持ったまま、BCのポケットに入れていた水中カメラを右手で出して構え、目の前の光景をフラッシュをたいて撮影した。角度を変えて数枚撮る。カメラをポケットに戻し、あおり足で西側に移動した。

前方に、黒っぽい色の登り坂が現れる。やはり貝類や甲殻類が付着した坂は、海底から二メートルほどで頂点となり、そこから三方へ向かって下る、いわゆるピラミッド状を成していた。

経験上それが何か、舟作にはわかり、もう少し先へ進んだ。黒っぽいピラミッドの奥に、五メートル前後の幅の広い白っぽい色の登り坂が見える。ピラミッドのような四角錐ではなく、高さ一メートル半ほどで下りに転じ、いわば巨大な三角柱を横に倒した形だった。

ライトをさらに西側に振る。黒っぽい色の四、五メートルの高さの三角柱を横に倒した形が見られた。その中央付近に、白っぽい色のやや小ぶりのピラミッド型の四角錐が載っている。

小ぶりのピラミッドの頂上からは、鉄の棒が突き出し、ライトによって白々と光って見える円盤状のものが辛うじてからまり、潮の流れにもてあそばれて揺れている。陸上で見慣れたそれは、テレビのBSアンテナだった。

これらのピラミッド状、および横倒しの巨大な三角柱の形を成す物体は、みな家屋の屋根だ。町に押し寄せた波が、多くの家屋を土台から押し流し、次に引き波で海へと引きずり込み、また寄せて、また引いてを繰り返すうち、家屋の壁は崩れ、柱は折れて、屋根ばかりが形を残したものらしい。

先のコンクリートの集積場もそうだが、寄せては引いてが繰り返される波のエネルギーと、陸地および海底の地形、さらに物質の重量との関係に影響されるのだろうか、この海底では、同程度の重さのものが一つところに集まる傾向があった。

だから、四月のダイビングと六月のダイビングでも、ことは違う場所で、家屋の屋根が数棟ひとかたまりになって集まっている場所を見いだした。

五月には、押しつぶされた乗用車が六台と、オートバイが四台集まっている場所、七月には、横倒しになったバスの隣にトラックが横たわっている場所に出くわした。先月は不調ではあったが、それでも押しつぶされた外車と、老人福祉施設の名前がボディに入ったワンボックスカーの二台が重なり合っている場所を発見した。

車に関しては、車体に当たってドライスーツが裂けないよう気をつけながら、すべての車内を捜してみた。遺体は見いだせず、遺骨も見つけることはできなかった。そうしたとき、何も持って帰れない代わりに、写真を撮る。

写真を見て、持ち主がわかればと思い、何かしら特徴が出るように、たとえば車ならナンバープレートやエンブレムなどを撮ろうとはするが、車種さえわからなくなっていることも少なくない。

もっと広い範囲を一度に見渡して、ここぞ、という場所を特定した上で、捜索したい想いはある。だが、ライトの届く範囲は限られ、海底の全体像はいまもってわからない。

町にどんな建物や施設があり、どのような配置であったかは、地図と写真をもとに説明を受け、おおまかな全体像は頭に入っていた。だが、海に潜って、それらがまったく役に立たないことを知らされた。海底のどこに、どのようなものが集まっているか、海底ならではの地図を、新たに描き直さねばならない。

だが、潜水時間は、体力および、この海の水が健康に与える影響を考慮して、四十五分、と相談の上で決まっている。しかもまだ今日で七回目のダイビングである。光を当てて見いだせた局所的な情景を、頭のなかでジグソーパズルのように少しずつ再構築していくほかはない。

今夜は、家屋の屋根が集まっている周辺を捜索することに決めた。コンクリートのかたまりが集まっている周辺よりは、求められているものが見つかりやすいだろうという判断だ。

先に、屋根の写真を何枚か撮る。誰かが、おれの家だ、わたしの両親の家の屋根だと、わかってくれればと願いながら、角度を変えて撮ったあと、BC内の空気の調整をおこない、平坦な砂地の上に、砂や泥を巻き上げないように着底した。

目の前を影がよぎった。とっさに首を振り向ける。ヘッドライトに、魚の尾鰭《おびれ》が浮かび、闇の先へと泳ぎ去ってゆく。屋根の陰で寝ていた魚を起こしてしまったらしい。

以前は、この辺りの海岸線には海草が多く生え、魚も多かったと、文平が話していた。

「とくに甘藻《あまも》が群生してて、小魚がいっぱいいたもんだ」

文平が語った場所に舟作が潜ったとき、甘藻はどこにも生えておらず、砂と泥の上には岩とコンクリートのかたまりが転がっていた。ほかの漁場や海岸線でも起きたことだが、町の暮らしを根こそぎ奪い去った波は、海岸線の海草もすべて掘り返すようにして運び去っていた。

それでもいま、岩や、沈んだ車やバス、また家屋の屋根のところどころに、数種の藻や短い海草が生え、ときおり大小の魚がよぎってゆく。ちょうどよいねぐらと思ってか、大物が逃げもせずに車のなかでじっとしている姿も見られた。

いちいち魚に驚いていては仕事にならないが、不意をつかれると、反射的にからだが動く。気をつけないと、砂や泥を巻き上げてしまい、辺りの視界が奪われる。

舟作は、光を弱めた水中ライトをBCのDリングに留めて、身を深く屈めた。家屋の屋根が集まっている手前の海底に顔を近づけ、ヘッドライトの光を頼りに作業をはじめる。

前に思ったことだが、もしも太陽がまばゆく照る下で潜り、海底まで陽光が届くなか、もっと広い範囲で海中の世界が望めたとしたら……陸上の町を見たときと同じように、あまりの惨状に圧倒されて、二度と潜れなかったかもしれない。

限られた光のなかで、局所局所の情景しか目に入らないことで……もちろん家々の残片や、車の残骸を目にするたびに、つらく感じはするけれど……すべての情景を、一度に把握できないもどかしさが、かえって自分を救い、精神も正常に保たれて、潜りつづけていられるのかもしれなかった。

だからいまも、ほかの場所のことは考えずに、光の輪のなかに浮かぶ、ごく限られた海底の一部に集中する。グローブの指先に神経を集め、表面の砂や柔らかい泥を払いのけてゆく。

砂や泥は、遠くから運ばれてきたものもあれば、陸上から引き込まれた場合や、海底深くにあったものがえぐり返されて、その上に新たに積もった場合もあるだろう。ともかくかなりの厚さに堆積している。砂や柔らかい泥なら多少厚くてもよいが、その下でもし泥が石膏《せっこう》なみに固まっていたら、指先に力をこめてこじ開けるようにしなければ、掘り進められない。すると、どうしても細かい泥の粒子が巻き上がり、水を濁らせ、視界をさえぎってしまう。

幸い固い泥にはぶつからずに払い進められ、確かな形の物体を指先が捉えた。

経験的に、自然のものか、人工のものかは察しがつく。金属製の、四角い枠のあるものだと感じる。

もう少し払い進めて、指を止めた。無理だと判断する。何が埋まっているか、具体的にはわからない。だが金属製の面が二十センチ以上はある。しかもまだつづきそうだ。電子レンジかテレビか、もっと大きい冷蔵庫か洗濯機の可能性もある。掘り出すことは難しく、もちろん小型ボートまで引き上げることは困難だ。

採集する品物の大きさは、一辺が二十センチ以下のものという取り決めだった。

場所を横にずらし、また砂や柔らかい泥を払いのけていく。材木の切れ端が出てくる。特徴は何もない。材木をその場に置き、場所をまた移した。掘り進めて、すぐにコンクリート片だとわかり、また場所を変える。

同程度の重量のものを一つ場所に集める自然の営みは、小物においても変わりがないようだった。たとえば、スプーンやフォークが固まって掘り出せたときがある。カップや皿などの食器が、ほとんど割れてはいたものの、やはり近い範囲で多く出てきた。

なので、やや大胆に場所を変えることにして、家屋の屋根の集積場から離れた。目印から離れると、次に潜ったとき、同じところを探してしまう可能性があるが、時間が限られているので、仕方がない。潜水時間の約半分が経過しつつある。

焦りを抑え、慎重に砂と泥を払っていく。ステンレス製らしい板状のものが現れる。あきらめて場所を移す。電気コードとプラグが出てきた。電化製品だろうから、これもあきらめる。次に、

U字型の把手のようなものが現れた。期待ができ、周囲を探ってゆく。ショルダーバッグらしい形が見えた。砂地が多い場所で、半分から上が出てくる。しかし下半分は固くなった泥に埋まっている。引き抜くことは難しい。幸運にも留め金が現れる。外して、なかが飛び出さないように慎重に開けた。内部にも砂が入っている。指先でかき分ける。文庫本が出てくる。横に押しやり、もっと探る。眼鏡ケースらしきものが現れる。砂が舞い上がらないように引き抜く。やはり眼鏡ケースだ。持ち主が特定できることを願いながら、腰から下げた貝入れ網の口から入れた。

バッグのなかのものをすべては持っていけない。できるだけ多くの人の持ち物を引き上げたい。バッグの外となかとを撮影してから、留め金を戻し、BCのポケットから白いリボンを出して、バッグの把手に結びつけ、先端を海流に預けた。

次に潜れるのは、一カ月先か、それ以上先になるかもしれない。リボンが残っているかどうかはわからないが、ひとまず目印にした。

同じような重さのバッグ類が集まっていないか、そばを探っていく。カニの目のように突き出した二つの球体にふれる。ハンドバッグの留め金だ。二つのバッグは、一つの家族のものか、喫茶店などに置いてあったものが、一つところに流されたのか。

慎重に掘り進め、ハンドバッグの留め金を外す。財布とおぼしきものが出てきた。なかに身分証のようなものが入っている可能性はある。だが写真だけを撮り、開くことはせずに元に戻した。別のものを探す。パスケースがあり、診察券か定期券らしきものが入っていた。これを貝入れ網に入れ、留め金を元に戻す。

ハンドバッグの脇を探るうち、鍵が五、六本まとめられたキーホルダーが指に引っ掛かってきた。ゆるキャラのデザインのキーホルダーであり、持ち主がわかるかもしれない。バッグから飛び出したのか、流されてここに留まったのか。ともかく貝入れ網に入れた。

時間がさほど残っていない。慌てるのは禁物だが、もう少し持ち帰りたい。

付近の砂を払っていく。感触はあっても、勘で、これは大き過ぎる、これは鉄骨だろう、と判断して、別の場所に移る。鞄か書類ホルダーの角らしきものが現れる。全体を掘り出すには、泥が固くて難しい。

あ、と思わずマスク内で声を上げそうになった。見えてきた鞄か書類ホルダーの止め口の隅から、携帯電話らしい小型機器の一角がのぞいている。

慎重に泥を除き、取り出す。やはり携帯だった。ストラップは千切れているが、表面に愛らしいシールが何枚も貼られ、なかにはプリクラで撮影したらしい女の子同士の写真もある。きっと持ち主がわかるだろう。不謹慎かもしれないが、やはり気持ちは高揚する。

この辺りではもう少し何かが見つかる可能性が高い。携帯を貝入れ網に入れ、また探りはじめる。そのとき、腕に巻いたダイブコンピューターが、アラーム音を発し、警告ランプも点滅して、潜水を切り上げる時間であることを伝えた。

だが、携帯電話を発見した高揚感から、つい、もう少し、と思ってしまう。

インストラクターの資格を持つダイバーとしては、失格だと自覚する。しかし、ちょうど指の先が、細いベルト状のものを探り当てた。幼稚園児などが肩から下げるバッグのストラップだと、子どもを持つ舟作には勘が働いた。

なんとか持ち帰れないだろうか。だが、バッグの部分はしっかり泥に埋まっているようだ。もう切り上げねばならない。とはいえ、次に潜って、これが見つかる確率は高くない。迷っている間も惜しい。泥が舞い上がるのを承知で、ストラップを強く引っ張った。

手応えが一瞬で軽いものに変わる。噴煙のように泥が舞い上がって、視界を覆う。

舟作は慌てず、そっと遠ざかる。急浮上しないようBCの空気を抜いて、フィンキックでゆるやかに浮上する。腕のダイブコンピューターが、水深五メートルであることを、別のアラーム音で伝えてくる。安全停止の位置であり、三分間はこの水深にとどまる必要がある。

右手の先を確かめた。ストラップだけが残されている。バッグから切れてしまったらしい。

水中ライトの照度を上げて、下を照らす。先ほどまで捜索していた箇所は、水が濁ってしまい、何も見えない。

だが一瞬、ライトを受けて光るものが海中にあった。ライトを左右に振って、光を反射する小さな物体を見つけだし、目を凝らす。光はゆらゆらと揺れながら、泥の噴煙のなかを浮上してくる。まるで暗雲のなかで、薄ぼんやりと光る三日月のようだ。

右手のストラップを貝入れ網に入れ、もう少し自分の近くまで三日月がのぼってくるのを待つ。

ライトを照り返す三日月の照度が増す。舟作は手を伸ばした。暗雲のなかで照る月をつかみ取る。とたんに、落胆と安堵が入り混じる。

いま小学三年生の娘が、幼稚園の頃は毎日のように使い、いまでもときおり使っている、ティアラと呼ばれる髪飾りだった。バッグを引き抜こうとしたとき、なかから飛び出したのだろうか。

だが、子ども用にしてはきらびやかで、宝石の飾りが幾つも取り付けられている。ライトを当て、それらの宝石が明らかに子どものおもちゃだとわかった。

短く迷ったのち、やはり貝入れ網に入れた。

安全停止の時間はもう過ぎている。海上を見上げた。

ボートの縁から海中に向けて垂らされている防水ライトの光が確認できる。そこまで障害となるものは何もない。

パワーインフレーターでさらにBCから空気を抜き、五メートルを約三十秒かけて、ゆるやかに浮上する。

海上に出た。水の冷たさなど、もともとシャットアウトするドライスーツであり、周囲の景色も暗くてほとんど見えず、大きな変化があるとは言えない。ただマスク越しに、明るく輝いている月を頭上にとらえることができた。

4

舟作は、BC内に空気を送り、安定した浮力を得た。ライフジャケットを装着しているのに等しい状態で、波に漂っていると、生きている世界に戻ってきたという感懐をおぼえる。

答えは得られたか。月を見上げて、考える。

まだだ。まだ見つからない。

文平が、舟作のヘッドライトに気がついたらしく、こちらにライトを向けた。舟作はOKサインを送った。

文平がオールを漕ぎ、ボートを近づける。舟作からも近づいて、彼が潜っているあいだに船縁に取り付けられていた簡易ハシゴに手を掛けた。海中でフィンを脱ぎ、文平に渡す。文平は、ゴム手袋をした手でそれを受け取る。海中に垂れている貝入れ網の紐を腰のベルトから外し、これも文平に渡す。彼は漁の網を引く手さばきで、貝入れ網をボートに引き上げた。

滑り落ちたときの用心のために、舟作はまだマスクをしたまま、簡易ハシゴに足を掛け、横木《バー》をつかんでのぼってゆく。その間、文平はボートのバランスをとっている。

舟作は、ボートに上がり、舳先に向かって腰を下ろした。マスクを外し、ベルトを解いて、背中のタンクごとBCを脱ぎ下ろす。さすがに安堵感から、深くため息が洩れた。

「タイマーが作動しなかったのか」

文平の、いやみめいた小言を背中に聞く。

答えられずに黙っていると、文平が、舟作のドライスーツの背中のファスナーを、気持ちのままにだろう、荒っぽく開いた。

「何を見つけたか知らねえが、おまえ一人の問題じゃねえんだ。おれだけでも済まねえ。何かあったら、誰にどこまで迷惑がかかるか、もう一遍ようく腹に叩き込んどけ」

「すまない。次から気をつける」

舟作は、彼に背中を向けたまま頭を下げた。

文平は簡易ハシゴを外した。海に下ろしたアンカーのロープも巻き上げ、ボートに上げる。

舟作は、リストシールをはがしてグローブを取り、被っていたフードを脱いで、ドライスーツを少しゆるめた。

「おらよ」

文平の声がして、からだの脇に、布製の手提げ袋が置かれた。なかに入っているバスタオルで手をよく拭き、頭と顔をぬぐう。袋の底に水筒を見つける。文平の妻がいれた温かい茶を、水筒の蓋に注いで、飲む。からだの内側から温もりが広がり、まさに生きた心地がよみがえる。

文平が船外機のエンジンをかけ、ボートを走らせはじめた。

目の端にまた〈光のエリア〉が見えてくる。海中の暗さに慣れていたため、目がくらんだ。顔を洗うしぐさで閉じたまぶたの上を軽く揉み、あらためて〈光のエリア〉に視線を向ける。手前の建屋の上部に、三色から四色の虹が見えた。

月夜でももちろん雨は降っていない。もしかしたら建屋のそばで水が使われ、その水しぶきに強い照明が当たったせいかもしれなかった。


ボートが港に近づき、防波堤の手前で文平がエンジンを切った。

舟作がオールを漕いで、漁港内に入る。まだ夜明け前で、人の気配はない。

波打ち際までボートを進め、舟作が先に降りた。流されないように、彼がボートを押さえる。文平が降り、竹をまたレール状に敷いてゆく。二人で力を合わせて、ボートを陸揚げした。

舟作はドライスーツを脱ぎ、文平は小型トラックを駐車場に取りにゆく。

ボートに積み込んだものを、またすべて小型トラックの荷台に載せる。月がかなり傾いた以外は、二人がこの漁港に着いたときと同じ状態にして、走り去る。

十五分ほどで、文平の家に着いた。海岸通りと国道のあいだにある低い山の、狭い坂道を上りきった中腹付近の開けた場所に、彼の家が一軒だけ建っている。

偏屈な性格の文平らしいが、土地柄なのか、似た性格の者はほかにもいて、同じように坂を上った高台に、一軒ずつ、ときに二軒か三軒、ぽつぽつと、郵便配達員や宅配業者を泣かせる家が、間を置いて並んでいた。聞けば、たいていがベテラン漁師の家だという。海の怖さを、子どもの頃から経験しているため、高い場所に家を建てる向きがあるらしい。海を遠くまで見霽《みはる》かせるのも好みに合うのだと、文平は語った。

二階建ての家の玄関先に、電灯がついている。玄関前の空き地同然の庭に、文平の小型車が止まっている。その隣に、文平は小型トラックを止めた。

庭の隅に水道があり、そのすぐ脇に風呂の浴槽が置いてある。もともとあったものではなく、この仕事をするために、解体業者から安くもらい受けたものだ。浴槽内にはすでに真水が張ってある。先の漁港へ向けて出発する前に、事前に用意しておいたものだ。浴槽の脇にはポールを立て、クリップのついたライトを取り付けてある。

「帰ったぞ」

文平が、玄関の引き戸を開け、なかに声をかけた。玄関の内側に置いてあった延長コードを引っ張り出し、浴槽内を照らせるライトのプラグとつなぎ、明かりを灯す。

舟作は、小型トラックの荷台に回り、ドライスーツをはじめ、ダイビングに使用したすべての器材を下ろして、浴槽内の真水のなかに沈めた。海底から拾い上げた品物を入れてある貝入れ網も、いったん浴槽内に沈める。

文平が、水道の蛇口を開き、やはり出発前に水道の脇に用意しておいたボディソープを使って、顔、手、足と丹念に洗う。はいていたサンダルも洗う。ようやく緊張がゆるんでだろう、鼻唄を歌い、水道管に引っ掛けてあったタオルで、濡れたところを拭く。

文平につづいて、舟作も手と足と顔を洗った。

いまはいい時節だが、四月五月はまだこの時間は外気が冷え込み、水も冷たく、手足や顔を洗う程度ならまだしも、長時間器材を洗っていると指先がしびれてきた。このあと冬に向かってどうするか。文平は、海も荒くなってくると話している。つづけるかどうかは、あらためて相談する必要がある。

「舟ちゃん。お風呂、入ってるよぉ」

玄関から、文平の妻の邦代《くによ》が声をかけてきた。

かつては、目の前の海に潜っていた海女《あま》だった。舟作が使った貝入れ網も、元は彼女の仕事道具だ。

舟作の父と文平は、幼なじみの大親友で、文平が両親の都合でこちらに越してからも、ずっと仲のいい関係がつづいていた。

舟作は、よく夏休みに、泊まりがけで文平の家に遊びに来て、同い年の健太郎と遊んだ。舟作は幼い頃から海に潜ることが好きだったが、本格的な潜り方を教えてくれたのは邦代である。以前は、海につづけて潜っても冷えないし疲れない、脂肪のよくついた色つやの良い立派なからだつきだったのに、いまは痩せて、皺も増え、六十四歳なのに、十歳近くも老けて見える。

「先に風呂、入ってこい」

文平に言われて、舟作は濡れた手足をタオルでよく拭いて、昔なじみの家に上がった。浴室で、頭のてっぺんからつま先まで洗って流す。いったん湯を張った湯船につかって疲れを癒したのち、もう一度力を入れて髪もからだも洗った。

彼が服を着て、庭に戻ると、文平がゴム手袋をした手で、庭に広げたブルーシートの上に、貝入れ網の中身を並べていた。眼鏡ケース、パスケース、キーホルダー、携帯電話、幼児用のバッグのストラップ、ティアラ。

海の底では色のなかった品々が、赤色に、ベージュ色に、銀色に、金色に、黄色に、ピンク色に、ブルーシートの青とともに、色彩豊かに舟作の目を打つ。

「今回はなかなかだな。眼鏡ケースは、前に見つけた入れ歯ケースに比べりゃあ品がある。もっとも、入れ歯のほうが持ち主がわかりやすいから、相手にとってはよかったのかもしれないがな。このパスケースには、診察券が入ってるみたいだ。名前も読めそうだ。とくに、この携帯は有り難がられるだろう」

文平が機嫌よさそうに言う。と思うと、わざとらしく眉をひそめて、

「しかし、この紐はどうだよ。こんなもん、取ってこなくてもよかったんじゃないか」

「せっかく手にしたんだ。こっちで判断せずに、相手に任せる」

舟作は、用意されていたゴム手袋をはめ、ダイビング器材を真水につけてある浴槽に近づいた。

「なら、いいけどよ。これは、どうなんだろうな……大丈夫なのか？」

文平がティアラをつまみ上げ、半信半疑の口調でつぶやく。

舟作も気になっていた。だが、自分に言い聞かせるように答える。

「子どものおもちゃだ。プラスチックを宝石っぽく見せて、くっつけてるだけだ」

「そんなのぁ誰だって一目でわかるよ。けど……ま、いいや。始めようか」

文平が、ホースとつなげた水道の蛇口を開いて、ブルーシートの上に広げた品物を、タワシと洗剤を使って洗いはじめた。ケースから眼鏡を出し、パスケースからは診察券も出し、内部まで丁寧に洗ってゆく。

舟作も、浴槽に向かって屈み込み、ダイビングの器材を一つ一つ洗った。すべて洗い終えたあと、浴槽内の水をいったん捨て、もう一度水を満たし、しっかりと洗ったあと、ドライスーツとインナーは、文平の家の物干しに掛けた。ほかの器材は、庭の一角に置かれたベンチの上に並べてゆく。

ベンチは、漁のあとに海を眺めながら一杯やるのが最高だと、健太郎が二十年前にホームセンターで買ってきたものだ。

文平はその間に延長コードをドライヤーにつなぎ直し、洗った品物を乾かしていた。

次第に月が見えなくなり、夜が明けてくる。

舟作は、小型トラックの荷台も水で洗い流し、ひとまず作業を終えた。

「こっちも終わった。計るか」

作業を終えた文平が、家のなかに入り、表面汚染検査計を持ってくる。

「よし。腕を上げろ」

文平の言葉を受けて、舟作は彼の前に立ち、両腕を肩の高さで広げた。

文平が、表面汚染検査計の本体を左手に持ち、右手にアイロンか掃除機のヘッドのようなものを持って、先端の平たい部分を、舟作の頭から、顔、首、肩、腕、手、手の指、腋の下、脇腹、腹、股間、足、すね、足の指、と全身に当てて、計測してゆく。

文平の合図で、舟作は彼に背中を向けた。後頭部から、耳の裏、うなじ、背中、腰、尻、すねの裏、足の裏まで計測して、

「大丈夫だ」

と、ようやく文平の許しが出た。

交代して、舟作が文平のからだの表面を計っていく。サンダルの裏も計る。問題はなかった。

つづいてダイビング器材、ドライスーツの汚染の度合いを計る。同様に問題はない。

最後に、ブルーシートの上に並べられた、海底から採集してきた品物の表面汚染の度合いを計った。

「どうだ」

と、文平が検査計の数字をのぞきこむ。どれも、問題とされる基準値以下だった。

「これだけは、一回一回緊張するぜ。目に見えないだけに、慣れねえな」

文平が深く息をつき、表面汚染検査計を家のなかに戻した。代わりに、彼が小型のスーツケースをさげてくる。引越し業者が、グラスや陶器などの割れやすいものを運ぶときに使っているもので、内部に緩衝材が入っている。

舟作は、ケースを受け取り、採集した品物を一つ一つ丁寧に、あいだを空けて、ケース内に配置した。

「舟ちゃん。お肉、焼けたよぉ」

家のなかから、邦代が声をかけてくる。同時に、肉の焼ける匂いが鼻先に流れてきて、舟作の

腹の虫が鳴った。

いても立ってもいられないほど、飢えを感じて、からだがふるえてくる。舟作は、ケースを閉めて、小型トラックの助手席に置くや、急いで文平の家に上がった。

なぜだかわからない。だが、この特別なダイビングをおこなうようになってから、海から上がったあとには、無性に肉が食いたくなった。種類にはこだわらないが、まさに命を食らう感覚をもたらすような、歯応えのある、血のしたたるような肉が食べたくて、たまらなくなる。

舟作は、文平の家の食卓で、邦代が焼いては皿に取ってくれる肉を黙々と食べ、喉が渇けば、ビールを飲んだ。

肉を噛む。噛みちぎる。咀嚼《そしゃく》した肉が胃に落ちていく。自分の血肉に変わっていく感覚を得る。そうしてようやく飢餓が癒されていく。

十二分に腹が満たされたところで、今度は眠気に襲われ、いまは不在のこの家の長男の部屋で仮眠を取った。

5

午前七時に、舟作は一人で小型トラックに乗り、文平の家の庭を出発した。

文平はまだ歯ぎしりと高いびきの最中だろう。邦代が玄関先で手を振ってくれた。

昨夜来たときと同じで、荷台には何も乗せていない。ダイビングの器材はすべて文平の家に残していく。水中カメラも、記録用のＳＤカードだけを抜き取って、本体は残した。

海岸通りから、国道に入る。北へ上る車線が、いつもと同じく大渋滞をおこしていた。乗用車も少しはあるが、トラックや、人々を定員一杯まで乗せたワンボックスカーが目につく。ほとんどの車両が、被災してもう五年目という時間が経過した地域に、働きに出る人々を乗せたものだ。平日は朝の六時くらいから渋滞がつづく、と文平が話していた。

舟作は、空いている反対車線を南へ下ってゆき、いますれ違った復興事業に従事している人々の多くが宿泊場所にしている、人口三十万人を超す都市へ入った。

市内の中心街にある、二つ星クラスのシティホテルの、青空駐車場に小型トラックを駐《と》める。周りは乗用車ばかりで、なかには洒落た外車もあり、場違いな印象の小型トラックは、ホテル側に申し訳ない気もするが、ほんの一時間で出ていく予定である。

海から採集した品物を入れたケースを手にさげ、ホテルに入る。トレーナーとジャージーのズボン、靴下にサンダルばきという、これもホテルに不似合いな格好のため、脇目もふらず、まっすぐエレベーターホールに進み、指定されている部屋のある階へ上がった。七回つづけて同じ部屋なので、もう慣れている。ほぼ時間通りにチャイムを押す。はい、と男の声が返ってくる。

「瀬奈です」

舟作が名乗る。

すぐにドアが開いた。

地味な灰色のスーツに、紺色のネクタイを締め、散髪したての髪をきれいに撫でつけ、黒縁の眼鏡を掛けた、中肉中背の男が舟作を迎えた。

「お疲れ様です」

舟作より五つ年上だという珠井準一《たまいじゆんいち》は、深く頭を下げて、舟作を部屋に招き入れた。

部屋はスイートルームで、ドアを入ってすぐの部屋はリビングになっている。

「本日もご苦労様でした。何も問題はありませんでしたか」

珠井が丁寧な口調で尋ねる。

「はい、何も」

舟作は言葉少なに答えた。

「検査はいかがでしたか。品物だけでなく、瀬奈さんたちは」

「みな、基準値以下です」

舟作の答えに、珠井が安堵の笑みを浮かべ、どうぞ奥へ、と勧める。

舟作は、落ち着いた色合いのソファセットのそばに進み、片づけられて何も置かれていない広いテーブルの上に、上下が逆にならないよう注意してケースを置いた。

部屋の窓にはレースのカーテンが引かれ、朝の淡い光が室内に差し込み、室内のライトは灯されていない。舟作は、ケースの留め金を外し、光のほうへ向けて開いた。

珠井が窓を背にする側に回り込んでくる。ケース内の品物を見て、ああ、と感情のこもった吐息を洩らした。

「今回は、持ち主がわかる可能性のあるものが多そうですね」

と、興奮を抑えようとしても、つい弾んでしまうらしい声音で言う。

「ええ。偶然ですけど、バッグ類が集まった場所に、行き当たったものですから……」

相手の喜びが伝わってきて嬉しく、舟作もややうわずった声で答えた。

「ありがとうございます。喜ばれる方がきっといますよ」

その喜ばれる方のなかに、珠井は入っていないのか。と、舟作は目の前の相手を見つめた。

彼にこそ、喜んでもらいたい想いがある。

珠井の自宅があった海辺の町は、あの日以来しばらくは立入り禁止の避難指示区域とされ、長い時間が経過したいまでも帰還困難区域に指定されている。立入りの回数や滞在時間に厳しい制限が課せられ、住民が思うがままに大切な人の行方や、思い出の品々を捜索することはかなわない。区域の境界はバリケードによって防護措置がほどこされ、警備員が検問に立っている。

彼の町だけでなく、国道から横に分かれる道路の入口や、国道沿いに建つ家屋の門前に、延々とバリケードが並んでいるのを無念の想いで見つめているとき、珠井はふと思いついたという。

海はどうだろう。

海にはバリケードはなく、検問もない。海から町に入って、自由に捜索できないか。

知り合いに相談すると、相手は首を横に振り、大切なものはほとんど海に流されて、町には残っていないのではないか、と答えた。確かに、町が一気に波に引き込まれたことを思えば、陸上よりも海でこそ多くのものが見つかる可能性が高い。

であれば、海のなかから行方不明者の運命を知り得る〈何か〉を見つけだし、採集してくることはできないだろうか……。

そう思い立った彼は、手間と時間をかけて計画を立てた。

あの海に向けて船を出す漁師として、文平を探し出し、海に潜る者として、文平の推薦した舟作を口説いた。

その珠井は、これらの品物に見覚えはないのだろうか。

彼が、ふれんばかりに指を伸ばし、眼鏡ケースを見つめる。パスケースを、キーホルダーを、と順番に目を移していき、携帯電話のところではいっそう長く目を止めて、もしやと舟作を期待させたが、次に移って、

「あ……」

と、眼鏡越しの細い目を翳らせた。

舟作も予感があり、からだがしぜんと強張《こわば》る。

珠井が、用意してあった柔らかい布製の手袋を急いで着けた。彼の左手の薬指に食い込むようにはめられている、くすんだ金色の指輪に、舟作は目を留めた。

舟作自身は、どうにも金属の感触が苦手で、結婚当初から指輪をしていない。妻も舟作という人間を理解して、指輪をしないという点については了解してくれている。

珠井と同じ指輪をはめている相手は、いまも行方がわかっていなかった。珠井とのあいだにできた当時十四歳だった娘とともに、あの日以来、音信が絶えている。

「これは、瀬奈さん、だめです」

珠井が手袋をした手で、丁寧に子ども用のティアラの端をつまみ、持ち上げた。

イミテーションとすら呼べないだろう、プラスチック製のちゃちなおもちゃの宝石が五つ並んでいるのを、珠井はもう一方の手で指差す。

「これは、まずいです。その点については、何度も申し上げたつもりですが」

舟作は目をしばたたいた。恐縮したときの癖で、まばたきの回数が増える。

「わかってます。あの……あるバッグのなかに、財布を見つけました。でも、ちゃんと、置いてきました……代わりに、その、パスケースを持ってきました。でも、この髪飾りは、明らかにおもちゃです。うちの子も、持ってたようなやつです」

舟作なりに、なんとか言葉を探して説明する。

「これがおもちゃであることは、承知しています。遠目でも、わかります」

珠井が静かに、だが語気を強めて言った。ティアラをケースに戻し、ほかの品物を含めて、海底にいまそれらが沈んでいるかのような目で見つめる。

「瀬奈さん、これらはみんな……あの海のなかにあったんですよね。あの町からさらわれて、海の底に沈んでいたんですよね……」

珠井は、一つ一つをいとおしげに指先でふれ、表面を撫でる。

「どれもが、あの町の者にとっては、かけがえのないものです。ほかの人から見れば、たわいないおもちゃや、ただの眼鏡ケース、どこにでもあるパスケースであっても、それが自分の大切な人が使っていたものであったとわかったなら、黄金の冠より貴い価値をもって、輝くのです。けれど……わたしたちは、本当の黄金の冠は、持ってきてはいけないのです。万が一、社会にわたしたちのしていることが知れたとき、現金や貴金属など金銭的な価値のあるものが欲しくて、潜っているのだと、わずかでも誤解されてはいけないのです。夜の海のなかで、水中ライトを当てただけで、これがおもちゃかどうかわかるわけがない、と、もし誰かに判断されたなら……宝石が付いているから取ってきたんだろう、と、そう思う人が一人でもいたなら、わたしたちのしていることは、根底から否定されてしまう」

珠井の声には、悔しさや苦渋の涙が混じっているように聞こえた。

なぜ自分たちがこんな、犯罪かもしれない行為に踏み出さねばならなかったのか。被害者であるはずの自分たちが、やむにやまれぬ想いでしていることを、なぜ、あえて隠し、多くの縛りをみずからに課さねばならないのか。彼は苦い感情が噴き出しそうになるのを、無理にこらえる様子で窓のほうに顔をそむけ、感情を押し戻すような長い息を吐いた。

「すみません。夜のあの海に、命がけで、健康を犠牲にする可能性もありながら、潜ってきてくださった瀬奈さんに、説教めいたことを申して……。きっと、喜んでくれる会員の方がいると思って、持って帰ってきてくださったんでしょう」

顔をそむけたままで語る彼に、舟作は頭《こうべ》を垂れた。

「いえ、軽率でした。実は……海に上がろうとしたとき、急に目の前に、漂い流れてきたものですから……愚かしく、聞こえるでしょうけれど……その、なんていうか、連れていって、と……。親御さんのもとへ、連れて帰って、と、その髪飾りが、語りかけてきたような、なにか、そんなふうに、思ってしまったものですから……。すみません」

珠井が、舟作のほうへ向き直った。

「愚かしくなんて、聞こえません。愚かしい考えじゃ、少しもありませんよ」

消え入りそうな声で、しかし想いをこめて彼が言う。

「わたしたちは、みんな、そんなふうに思うじゃありませんか。何かあるたび、これは、あの子の、あの人の、サインじゃないのか……あの子が、あの人が、何かわたしに言いたくて、訴えていて、起きていることじゃないのかって……思うものでしょ。ずっと、思ってきましたよ。いつも、いまも、思っていますよ。それを、愚かと言えるでしょうか。少なくとも、わたしたちのあいだでは、言えないでしょう」

　返事をする声が出ず、舟作は黙ってうなずいた。

「でも、やはり、この髪飾りは、会員の方たちの前には、並べられません。わたしはこれを見なかった。瀬奈さんは、海から持ち帰ってこなかった……そのように、願えますか」

「わかりました。これまでと同じく、海に戻します」

「お願いします。あ、お持ちになるのに、これをお使いください」

　珠井が、部屋の隅の、テレビが載っているテーブルに歩み寄る。テーブルの上に、大小様ざまな小箱が十個近く用意されている。一辺が五十センチくらいのものから、十センチ程度のものまで、まちまちの箱のなかから、中程度の大きさのものを取り、戻ってくる。

　珠井は、箱の蓋を取り、手袋をした手で、ティアラを箱のなかに移した。箱のなかには緩衝材が準備されている。

　これらの箱は、会員、と珠井が呼ぶ人々が、舟作が海から採集してきた品物を見て、自分の家族の物だ、かけがえのない人の持ち物だ、と見極めた際、その品物を入れて、持ち帰るための用意だった。

　いま会員は十人程度、と舟作は聞いている。全員が、あの町で大切な人を失っている。珠井は本来、一人でこの計画を進めるつもりでいたらしい。自分のエゴでおこなうことだし、多くの人に迷惑が及ぶことを恐れたためだ。だが、計画を知った彼の親友が、自分も参加したいと申し出て、同様の想いを持つ人はきっと少なくないはずだと、信用できる人物を少しずつ紹介し合うかたちで、会員にした。彼らがそれぞれ会費として出す金が、文平と舟作への謝礼金となり、そのほか運用のための経費に使われている。

海から採集された品物に対して、会員の誰も名乗り出なかった場合は、その品物は、珠井が大切に保管しているとのことだった。

「あの海へと、またボートを出すお手間をかけるので、次に潜るときに戻していただくのでもいいかとは思いながら、次回までには、ひと月近く時間が空きますよね。次に、瀬奈さんの予定と、月の巡り具合がマッチするのは……」

珠井が背広の内ポケットから手帳を出す。

舟作は、月の巡りは頭に入っており、

「四週間後の、火曜の夜です。前日が満月ですから、十六夜《いざよい》の月が、夕方六時過ぎに出て、朝の六時半頃に沈みます。その日、月が隠れず、波が荒れていなければ……」

珠井が手帳を確認して、うなずいた。

「ああ、その日を逃すと、一週間後の火曜はほぼ半月《はんげつ》で、ぎりぎりですね。次の週になると、新月でだめですし、その翌週は、月が早く沈んでしまい、海を照らさない」

「ええ。ですから、天候次第では、約二カ月後の満月まで潜れません。もちろん、その日もどうなるかは……」

「であれば、やはり早めにボートを出して、戻しておいていただけますか。万が一、誰かに見つかったときの用心です」

「わかりました。これまでも、文さんが釣りのふりをして、戻してくれてますから」

舟作が海から持ち帰りながら、珠井に首を横に振られて、文平がもとの海に戻したものには、腕時計と、おもちゃの指輪があった。

「では、どういった状況で、これらの品物を海で発見されたのか、会員の方々に説明できるように、お話しいただけますか」

珠井が、舟作にソファを勧めた。ルームサービスで先に頼んでいたらしいコーヒーを、彼がポットからカップに注いで、舟作の前に運んでくる。

舟作は、今回潜った海の状況、海のなかで見たもの、そして目の前の品物を採集したときの様子、どんな風に埋まっていたか、ほかにどんなものが見つかったか、を話した。

珠井は、ＩＣレコーダーで録音しながら、それをノートに記録する。よくわからなかった場合は何度でも質問し、舟作が見知った状況を完全に把握することに努めた。

「写真はいかがでしたか」

珠井の問いに応じ、舟作は撮影記録用のＳＤカードを差し出した。

珠井が、用意してあったノートパソコンにＳＤカードをセットして、写真を呼び出す。

舟作は、写真を撮った状況を一枚一枚説明し、珠井はやはりＩＣレコーダーで録音しつつ、ノートに記録した。

この部屋には、このあと会員が集まり、舟作の採集してきた品物を確かめ、舟作の話を、珠井から伝え聞くことになっている。県の職員だという珠井は、人との対応において真率かつ堅実であることが身に付いているらしく、会員に説明する際、自分が見てきたかのように話せるよう、また会員から質問を受けたときにも困らないよう、想定される質問を舟作に投げかけ、その答えが自分の言葉になるくらいに、同じ事実に対しても、多方面から聞き直すことをした。

舟作は、珠井とのこうしたやりとりに、潜るときとはまた別の緊張を強いられる。珠井が納得して、ノートを閉じ、ICレコーダーの録音を止めたときには、全身の力が抜けるほどの疲労をおぼえた。

このままソファに座って休んでいたい。だが、そうもいかない。時計を見る。会員がこの部屋に集まるのは、あと一時間後だ。そのなかに、今回彼が採集した品物の持ち主の関係者がいるだろうか。喜んでくれるだろうか。彼らに会いたい気持ちはある。直接、どんな状況でそれらが見つかったかを伝えたい気持ちがある。

だが、珠井に話すだけでも、このように疲れる。会員たちの質問を受け、一人一人の納得がいくまで答えていたら、きっと神経が持たないだろう。

珠井が、この計画を進める際に語ったことだが、長くつづけるには、互いに会わないほうがいいに違いない。万が一、舟作と文平があの海にいるところを、水上警察隊か海上保安庁などに見とがめられ、取り調べを受けたとき、自分たちの独断でおこなったことにしておくために。また、あの海から品物が持ち帰られたという事実が、会員の側から警察関係者などに漏れたときにも、舟作たちに捜査の手が及ばないために、双方とも相手のことは知らないほうがよかった。

「本当にご苦労様でした。心より感謝申し上げます。では、お受け取りください」

珠井が、手元に置いてあるバッグから、紙封筒を二つ取り出した。封筒は中身によって、ややふくらんでいる。

舟作は、頭を下げ、自分と文平への謝礼を受け取った。証拠を残さないためという珠井の配慮から、謝礼は銀行へ振り込むのではなく、つねに現金を手渡しである。

舟作は、もうあとは無言で、ティアラの入った箱を手に、珠井の案内を受けて部屋を出た。

ドアが閉まるおり、珠井は深く頭を下げ、舟作も深く礼を返した。

ホテルの一階に降り立つ。下町や漁港をスーツ姿で歩くのと同じ意味合いで、ここでは彼の格好は目立つだろう。ホテルの従業員の視線が気になる。すぐに出ていくから勘弁してくれ、と顔を伏せて、玄関へ進んだ。

ロビー脇の開放的な喫茶ラウンジで、いきなり人の立つ気配がした。魚の影が目の端をよぎったときと同じ反応で、つい足を止め、視線を振り向ける。

通常なら、正体を確認すれば、すぐに目を戻すのに、舟作は相手を見つめつづけた。

まっすぐ立ち上がった女は、からだの線が細いのに、美しい海獣、たとえばカマイルカのような筋肉を内に秘めたきびきびした強さを感じさせ、しなやかに弾む肉体を想像させる。

女も舟作を見つめていた。本来、自分のような田舎者に関心を寄せるタイプではない。髪を後ろでまとめている形一つをとっても、ゴムで無造作に縛る妻を含めて、舟作の身近なところではまず見かけない。髪を幾筋かずつ綺麗に縒《よ》り合わせた上で、上品に見える形に組み上げている。

鋭い印象に整えられた眉から、高く細い鼻へまっすぐ線が伸び、三重瞼かと思うほど皺の幅が広いまぶたの下の目は、潤みを帯びて輝き、取り澄ました傲岸《ごうがん》さもあわせて感じられる。化粧のせいではなく元からそんな色に思える真紅の唇が、何か言いたげに薄く開いている。

ベージュ色のパンツスーツは、からだの線を鮮明にあらわしているばかりか、反射性の布地が使われているのか、上向きに盛り上がった胸のあたりや、深くくびれた腰のあたりが、陽光を照り返す水面のように光っている。

舟作は胸の内がざわつき、全身の血がたぎってくる感覚をおぼえた。

このまま視線を向けつづけていれば、女のからだのふくらみや曲線の一つ一つを、劣情をもって見つめそうで、恥ずかしくなる。慌てて目をそむけ、ホテルの玄関から出た。

ふだんの自分ではない。あの海に潜ったあと、舟作はそれを自覚する。

ふだんの彼は、ほとんど肉は食わない。漁師町育ちなので、たいてい魚ばかりだ。

また、結婚して以降、ほかの女と寝たことはない。

若い頃は、付き合っていた相手それぞれに対して激しく求め、自分が淡泊なほうだなどと思ったこともない。だが、長女が生まれて以降は、妻との回数は極端に減り、さらに長男が生まれると、妻は子育てに追われ、自分も仕事と子どもの相手で疲れ、たまの記念日などに互いの気持ちが重なりそうになっても、そういうときに限って子どもが寝つかないなどタイミングが合わず、さらに回数は減っていた。

そして、両親と兄、漁師仲間や友人、昔なじみの人々を何人も亡くし、生まれ育った町が壊滅的な損害を受けた姿を目の当りにしてからは、知らずうちにも、性に向き合う気持ちが失われていた。

あの当時、舟作は漁で無理をして腰を痛め、自宅で休んでいた。両親と一緒に船を掃除して、船室内の模様替えや、エンジンのメンテナンスもする予定だったが難しくなり、ちょうどセメント工場の夜間シフト明けで、からだの空いていた兄が代わってくれた。

四歳七ヵ月と、二歳八ヵ月だった子どもは、ふだんは海からさほど離れていない保育園で夕方まで過ごすのに、舟作が坂の上に建てた自宅で休んでいたので、パパと一緒にいると言って、家に残っていた。妻は、港と坂の上との中間にある洋装店でパート勤めをしていた。

激しい揺れを感じたとき、舟作は子どもたちを両腕に抱きしめた。やがて妻が走り込んできて、港に様子を見にいこうとする舟作を止めた。津波の情報が入り、幼い子ども二人と、彼も腰痛を抱えていたため、妻の勧めで、さらに高台へ避難した。ほどなく避難先にしばらくとどまるしかない状況となり、波が引いた港に下りることができたのは、二日後のことだった。腰の痛みはだいぶん収まり、サポーターを巻いて、正体のわからない粉塵が大量発生した羽虫のように舞うなかを、両親と兄を求めて歩き回った。崩れた家屋の隙間に生存者を見つけ、助け出したこともあったが、圧倒的に遺体ばかりを見いだした。

そして、陸に打ち上げられていた船のなかに、両親と兄を発見した。

以後も、生存者の救出という名目ながら、実際には、遺体の発見と掘り出しとに関わりつづけた。そうした体験を経るなかで、自分が生きている、という事実さえも、当たり前に受け止めることができなくなっていた。

復興の名のもとに、港や町の整理が進んでいき、元の生活を取り戻そうと、それぞれの立場の人が力を尽くすのを横目に、舟作は、船を直して一人で漁に出る、という気には、どうしてもなれなかった。

大気の汚染が心配され、妻と子どもは、舟作の幼なじみである親友の誘いを受けて、彼が暮らす関東の海辺の町に身を寄せていた。子どもは、故郷を怖がっていた。激しい揺れを経験し、津波の脅威を目にし、彼らが大好きだったジイジとバアバとニイニの遺体を見た。戻りたくないみたい、と妻は言った。舟作は、親友の仕事を手伝うことにして、故郷を去った。

自分は本当に生きているのか、という困惑の想いはなお引きずっていながら、子どもたちは日ごとに大きくなっていく。二人してまた保育園に通いはじめたかと思えば、上の子はもう小学校に入学、さらに上の子は学年が上がり、下の子が小学校へ入るといった、いわば待ったなしの成長に助けられるようなかたちで、どうにか家族の暮らしを取り戻してきた。

けれど性の感覚は、肉体にも精神にも戻らなかった。妻とのあいだの問題ではなく、自分が性的な欲望を、日常の暮らしのなかで感じられなくなっていた。若い女の水着姿や、ヌードグラビアなどを見ても、なんら衝動をおぼえなかった。

それが……あの海に潜って、変わった。

6

小型トラックを運転して、国道に入り、北へ上っていく。すでに渋滞は解消していた。文平が暮らす町より、一つ南寄りとなる港町で国道を下りる。海の見える場所にファミリーレストランがあり、駐車場に文平の軽自動車を認めて、その隣に着けた。

海には漁船が浮かんでいる。ここにも高い波は寄せたらしいが、震源からかなり南に下ったところにあるせいで、船や港が損壊する被害は免れたという。なのにいまもって漁に出られないことは、文平のところと変わりがない。

この辺りは海ではなく、家屋が倒壊するなどして、内陸部で多くの死者が出たと聞いた。

舟作は、店内を見回し、甘そうなクリームパフェを口に運んでいる文平を見つけた。

ティアラの入った小箱を脇に抱えて、先にドリンクバーで、コーヒーをカップに注ごうとする。文平のパフェに刺激されたわけではないが、疲れから甘いものを口にしたくなり、ココアを選んで、店の者に、ドリンクだけ、と注文する。文平のいるテーブルに歩み寄り、彼の前に腰を下ろして、小箱を自分の隣に置いた。

「どうだ、喜ばれたろ」

文平が唇の回りをクリームで白くして、笑いかけてくる。

舟作は、相手の取り分である封筒を、テーブルの上に差し出した。

文平が素早くテーブルの下に隠し、封筒から札の端を出して数えだす。

「舟作よ、その場で数えたか」

「いや……」

文平が顔を上げずに、舌打ちする。

「何遍も言ってるだろ。親代わりとしての忠告だよ。金は、もらったら、その場で数えろ。いくらあの人が信用できても、人間ならミスはする。あとで一枚少なかった、スミマセンけど足らないんです、と言っても、抜いたんじゃないかと疑われたら、いやだろ」

「あの人は、自分で数えてるよ。慎重に、用心して、何遍も。そういう人だ」

「お役所勤めだからな。けど、人間には変わりない。おし、間違いねえ」

数え終えて顔を上げた文平の前に、舟作は小箱を差し出した。

「髪飾りを、海に戻してほしい」

「やっぱりか。まあ、おもちゃの指輪でも、ダメだって人だからな」

「じゃあ、面倒かけるけど」

舟作が立ち上がる。文平が手を振って呼び止めた。

「舟作。あれだ、あれほれ、その、もうちょっと、色をつけてほしいって話をしたか」

「いや……」

文平が顔をしかめた。舟作が立ち去る姿勢でいるのに対し、彼は腰を下ろしたまま、舟作のほうにからだを寄せ、声をひそめて訴えかけてくる。

「昨夜あれほど頼んだろ。初めの取り決めのときより、燃料費が高くなってる。うちの負担も思ったより大きい。器材を全部保管して、おまえを寝せて、肉も食わせて」

「おれの分は払うと言ったろ」

「おまえが払ったら意味がねえんだよ。必要経費なんだ。交渉事だ。いいか、身を危険にさらして、水上警察や海保に捕まっても、おれらだけの事にする……。座れ、座れって」

文平が舟作の袖を引っ張り、無理に座らせ、顔を近づけて話しつづける。

「あの海に潜る件は、二人で決めたことだ。依頼人なんていねえ、あくまでおれらの俠気《おとこぎ》だ。それは承知さ、呑み込んでるよ。捕まったら、誰の前でも、裁判所でも、あのままでいいと思ってるのかって、啖呵《たんか》切ってやるよ」

ウエイターが伝票を持ってきたため、文平は舟作のトレーナーの袖を離し、口を閉ざした。ごゆっくりどうぞ、と、ウエイターが去る。すぐにまた舟作の袖を握って、

「けど、おれたちの独断でしたことにしても、事は簡単じゃねえ。おまえはうちらの漁連と無関

係だからいいが、おれは、あの海で問題を起こしたら、漁連に睨まれて、下手すりゃ損害賠償を打ち切られるかもしれねえんだ」

「それは何遍も聞いた」

舟作はつかまれた袖を引こうとするが、文平は離さない。

「何遍だって聞け。それから、これは初めて言うが……無関係にしたかったカカアのことだよ。知らねえ顔をして、寝てろと言ったのに、おまえが家に来るもんだから、出ていった息子が帰ってきたみてえに、いそいそと世話をしちまってよ。お風呂入ってるよぉ、お肉焼けたよぉ、なんて甘い声を出しちまって。あれじゃあもう十分に共犯だろ」

文平は舟作の袖を離した。椅子の背もたれにからだを預け、てなことをよぉ、と吐息とともに、通常の話し声に戻して語る。

「おれがイチイチ話したら、角が立つだろ。口の重いおまえが、一言、少しだけ上げてもらえないかと言えば、珠井さんも、裏でいろいろあんだろう、と理解してくれるよ」

「向こうもぎりぎりのはずだ」

「会員が増えてんじゃねえのか」

「そうは思えない。見つかってほしいと願っている品物が、海から上がってくる確率は高くない。たとえ自分たちの願っている品物が上がってこなくても、安くはない会費を払おうなんて人は、めったにいないだろ」

「いるさ。あの地域じゃ、海に持ってかれた物が返ってくる可能性は、本来ゼロなんだ。それが戻ってくるかもしれねえ。絶対ありえねえことが起きてる。いわば、奇跡だよ。おれならいくら積んでも、とまで言っちゃあ嘘かもしれないが、戻ってくる可能性に賭けて、まとまった金を払う覚悟はあるよ。あの町には、古い漁師仲間もいたんだ。もしカカアや子どもだったら。それか、いま九州にいる娘ンとこの子どもだったら……。おまえだって経験者だ。そう思うだろう」

「……思うから、つけこみたくない」

「つけこんでるわけじゃねえっ」

文平の声がいきなり高くなった。

昼食時間にまだ間のある店内に客の数は少ないが、視線が集まる気配がする。

文平が顔を赤くして、白くなった髪を掻きむしり、目を伏せて話しつづけた。

「珠井さんが言ってたろ。同情で動いてくれるな、と。同情で動くと、無理をしちまうこともある。たとえば、タイマーが知らせてるのに、あと一分、あと三分と潜り過ぎちまう。そうすりゃ、事故の可能性が増える。事故になって、警察沙汰も困るが……あの人が心配してるのが何か、わかるだろ。おれやおまえが、あの海に近づくことで、からだを壊しでもしたら、頼んだ自分たちが、さらに罪を背負う気持ちにさいなまれる。だから、あくまでビジネスとして割り切って、冷静にやってほしい。要求すべきものはちゃんと要求してほしい。そう初めに言ったろ。え？　なのに、六分も潜り過ぎやがって……偉そうなことを言ってんじゃねえよ」

舟作は、返す言葉がいくらも頭に浮かぶが、それに対する文平の言葉や態度が想像でき、口をつぐんだ。代わりにズボンのポケットに押し込んだ封筒から一枚抜いて、文平の前に置く。

「肉の代金だ。おばさんに渡してくれ」

立ち上がり、伝票を持っていこうとする。

文平が奪うように伝票を手のなかに収めた。舟作が何も言わずにいると、彼は目を合わせずに、舟作の出した札をポケットにしまった。

店を出るとき、若いウエイトレスがちょうど舟作の前を横切った。白いふくらはぎから、腰のあたりに視線がゆく。また血がたぎるような感覚に襲われる。目をそらし、小型トラックに乗り込んだ。

ホテルのラウンジで目にした女の姿がよみがえる。二十八……いや、もう少し行っているか。三十二、あるいは三、四……。東京辺りの、そのくらいの年の女は、化粧が上手で、からだもジムなどで鍛えているのか、線が崩れず、ファッションにも凝っていて、その若々しさや瑞々《みずみず》しさに気後れしそうになる。

と同時に、あんな女を自分の言いなりにしてみたい、という欲求もつのってくる。

いや、そんな欲求は、結婚前のものだった、と思い出す。

なのにいま、あらためてその衝動が突き上げてくる。あの細い腰を折れるくらいに抱きしめて、のけぞった白い喉に嚙みつくように唇を押し当て、相手の美しい脚を割って、つながり合いたい、相手のからだの内側もすべてわがものにしたいと、その欲求に興奮して、キーを握る手がかすかにふるえもする。

はやる気持ちを、事故を恐れてどうにか抑え、国道から高速道路に上がった。高速道路は空いていたため、小型トラックの車体ががたがたと悲鳴を発するまで飛ばし、途中のサービスエリアで休むこともなく、二時間ほど走って、自宅のある町に最寄りのインターチェンジで下りた。

信号待ちのおりに、携帯電話を掛ける。なかなか相手が出ない。何やってんだ、とつぶやき、いったん切った。また信号待ちの際に掛けようとしたとき、相手側から掛かってきた。

「パパ？　ごめんね、掛けたぁ？　ちょうどお客さん来ててね」

信号が青に変わる。

「あと、二十分くらいで着く。出る用意をしとけ」

車の列が動きだしたため、それだけ伝えて、電話を切った。

二十五分で、繁華街の外れのカラオケ店の前に着く。店の玄関先には、誰の姿もない。クラクションをがんがん鳴らしたいのをこらえ、携帯電話を取り上げる。店の玄関先に、デザインは銀行の制服に似ていながら派手なオレンジ色をした、カラオケ店の制服を着た妻の姿が見えた。ふだん使っている大型のショルダーバッグを肩にさげている。たぶん着替えが入っているのだろう。

彼女は、小型トラックを見つけ、周囲の目を避けるように素早く助手席側に駆け寄って、ドアを開けるが早いか、シートに身を落ち着けた。

舟作は、すぐにギアをつないで、アクセルを踏んだ。

妻の満恵《みつえ》は、上気する顔に風を送るためか、手の平を広げて軽くあおぎながら、バックミラーを見たり、振り返ったりして、後方に去る勤め先を気にしている。

「オーナーに見られなかったかなぁ。制服は、着替えて出なきゃいけない規則なんだけど、シフトの交代の子が遅れて、着替える時間がなかったのよ。パパは、遅くなると機嫌が悪くなるし」

と、初めて満恵が舟作を振り向き、ほほえんだ。

接客のために軽く化粧をしているので、ふだん家で子どもを叱ったり、家事に追われて吐息をついたりするときと違い、一人の女として愛らしい魅力をたたえている。オレンジ色が鮮やかな制服が、三十六歳ながら、娘らしい雰囲気を醸《かも》してもいる。スカートから出ている膝に、つい手を伸ばし、強くつかんだ。

驚いた満恵がシートの上でかすかに身じろぐ。だが手を払いのけはしない。

信号で止まったとき、舟作は、彼女の膝からももに向けて手を滑らせた。

さすがに満恵は、上から手を押さえつけ、

「事故るよ」

伏目がちに、舟作をたしなめた。

信号が変わり、舟作は満恵から手を離して、小型トラックを出した。五分ほど走って、裏通りの、もう行き慣れたラブホテルの駐車場に入る。

彼は、運転席から下りると、大股でさっさと玄関へ歩いた。満恵はバッグを前に抱え、派手な制服姿を恥じるように身を屈めて、あとをついてくる。

玄関を入ってすぐ横の壁に、各部屋のパネル写真が出ている。光の灯っているパネルを押せば、その部屋のキーが下の受付口から出てくる仕掛けだった。舟作は、前に使った部屋が空いていなかったため、適当に押し、キーを持って、部屋に上がった。ドアを開けて待つ彼の脇を抜けて、満恵が部屋に入った。

「うわー、ヒヤヒヤだ。ネットで、お宅の制服を着た従業員がラブホに入った、なんて書かれたらどうしよう」

満恵はそう言いながらも、ひとまずほっとした様子で、バッグをソファに下ろした。

舟作は、ドアを閉めるが早いか、彼女に近づき、腰を抱き寄せ、唇を重ねた。興奮のままに舌で彼女の唇をこじ開け、相手の舌をとらえる。戸惑いながらも応えていた妻だが、舟作が彼女の尻を左手でつかみ、胸も同時に右手でわしづかんだところで、唇を離し、懸命に訴えた。

「パパ、だめ。パパ、だめって。店の制服だから、明日も着なきゃいけないんだから」

舟作は猛りたつ気持ちをどうにか抑え、妻のからだを離した。

この女は、ここにいて、逃げない。おれの女房だ。おれの女だ。ここで、おれに抱かれる。そのことを確認する想いで、全身を睨むように見つめてから、

「シャワーを浴びてくる。そのあいだに脱いどけ」

と言い置き、シャワールームに入った。

海から上がったあと、文平の家の浴室で、しつこいほどからだも髪も洗った。だがこれから女のからだにふれるのだ、妻のなかに入るのだ、と思うと、さらに念入りに指の先、爪の奥、股間の皺のあいだまで洗った。

タオル一枚を腰に巻いて、シャワールームを出る。満恵はバスローブを着て、部屋に備え付けのテレビの前に立ち、何やら手に持って子細に眺めている。

「前の人の忘れ物かしら。こういうのは、フロントに届けたほうがいいの?」

彼女が手にしているのは、大人用のシンプルな銀色のティアラだった。

自分の罪を突きつけられたような、恥や怒りに似た感情が瞬間的に湧いた。

「放っとけ、そんなの」

と、ティアラをつかむが早いか、部屋の隅に向かって投げ捨てた。

「あら」

と、妻がそちらを振り返ろうとするのも腹立たしく、彼女の肩をつかんで自分のほうに向かせ、唇を吸った。バスローブの紐を解くのももどかしい。合わせ目から手を差し入れる。ブラジャーとパンティーをまだ身に着けている。

「脱いどけって言ったろ」

叱りつけるように言って、彼女の股間にふれる。

「パパ、だめ。わたしも、シャワー、浴びてくるから」

「いい、そんなの……」

パンティーのなかに手を入れる。慌てて満恵が身を引いた。

「だめだって。昨日、水希《みずき》の道具箱を入れる手さげ袋、作り直したあとに、暁生《あきお》が急に雑巾がいるなんて言いだすから、慌てて二つ作って、遅くなってお風呂に入れなかったの。だから、絶対だめ」

舟作は、うるさく感じて、彼女の手を取り、シャワールームに連れていった。バスローブの紐を解き、ブラジャーを取る。あまりの夫の勢いに、気を抜かれた様子で、満恵はされるがままになっている。パンティーを下ろすと、彼女のほうから足を抜いた。

満恵を浴槽に入れ、自分も入り、シャワーの栓を開き、ちょうどよい湯加減のシャワーを彼女に当てながら、もう待てずに彼女の唇を吸った。シャワーを彼女の乳房に当て、汗を落としたあとで、吸いつく。彼女が吐息を洩らし、舟作の頭を軽く抱く。シャワーの湯を、彼女の背中に当て、尻に当て、股間にも当てて、愛撫するかたちで洗ってやる。パパ、パパ、と満恵がうわ言のように繰り返す。

ベッドまで連れていく気持ちの余裕がもうない。舟作は浴槽の縁に腰掛け、満恵の脚を広げさせ、彼の腰をまたがせた。パパ、ちょっと痛い、と、満恵がかすれた声で訴える。

彼女の腰に腕を回して支え、彼女のからだの内側が、彼の形に合わせる準備ができるのを待つ。彼女のほうでも互いのからだがまっすぐつながる向きに身を移し、やがて頃合を見て、舟作は彼女のなかに彼のすべてを埋めるつもりで入った。

多少の痛みがあったのか、満恵は目を強く閉じ、唇も閉じて、何かに耐える表情を浮かべる。

舟作は、欲望を遂げられる端緒にようやくたどり着いたことに安心をおぼえ、彼女をいたわる余裕が生まれた。そのまま動かずに彼女の頭を撫で、あらためて唇を重ねる。

舌をしばらくからめ合ううち、つながったからだを動かしたくてたまらなくなる。

「動いても大丈夫か」

満恵が目を閉じたまま、うなずく。

彼女の背中を抱き、ゆっくり動く。だが、いったん動きはじめると、衝動が抑えられなくなる。つい強く、速く動いてしまう。彼女が喉がつまったような声を発する。動きを止めて尋ねた。

「大丈夫か」

満恵が喉をのけぞらせた状態で、二度三度うなずき、

「平気……」

その答えを、すべての行為の許しと受け止め、舟作はもう完全に抑制を解き、思うがままに動いた。満恵は無意識にだろうか、舟作の肩に手を置き、逃れるように腰を上げてゆく。それを逃

がさず、背中のほうから彼女の肩に手を回して押さえつける。彼女の苦悶の、とも、悦楽の、ともつかない吐息を耳にしつつ、目の前の細い鎖骨にかじりつくつもりで歯を当て、喉くびの皮膚を破る勢いで唇を押しつける。

だが、浴槽の狭い縁では、次第にバランスが怪しくなり、集中できない。仕方なく力を抜き、妻の腋《わき》の下に手をやって持ち上げ、いったん離れた。

浴槽をまたいで、妻の手を引いてベッドのほうへ連れていこうとする。

「パパ、濡れてるよ。からだを拭かないと」

「ホテルのベッドだ、構うもんか」

「けど気持ち悪くなるから」

満恵は止まって、バスタオルを持ち、振り向いた舟作のからだを拭きはじめる。彼の股間も恥じらうことなく拭いて、背中、と告げ、後ろを向いた舟作の背中から尻、足と拭いていく。

ふと、表面汚染検査のことが頭をよぎった。

首を横に振る流れで、自分のからだを拭きはじめた満恵を振り返る。

「前にも言ったが……パパ、は、やめろ」

「あ、ごめん……」

満恵が、心から詫びる愛らしい顔で、舟作を見上げる。まだ自分のからだを拭いている途中だったが、彼女の背中に手を回し、両足をさらい上げて抱き上げ、ベッドの前に運んで、マットの上に放り投げた。

満恵がほとんど笑っているに等しい悲鳴を上げる。

どこへも逃がさぬ想いで、彼女におおいかぶさっていき、からだを密着させて唇を吸う。満恵も安定した姿勢で、安心したのか、両腕を夫のからだに回して、唇を開き、舌を伸ばしてくる。

いったん開かれた彼女のからだはすんなりと彼を迎えた。彼女の腰の上部を支えて、なお深く入ろうと、からだを押しつけていく。満恵が、子どもができてからの癖で、口もとに手の甲を当て、声を押さえ込んでいる。その手を払いのけようとしたとき、ベッドの下に落ちていた髪飾りが目に入った。

暗い海がよみがえる。粉塵に似たこまかな粒子が行き来する暗い灰色の水の向こうに、ピラミッドを思わせる家屋の屋根が重なり合っていた。大小のコンクリートのかたまりに、鉄骨がからまり、深海魚の死体かと紛うコードが垂れ下がっていた。舞い上がる泥のなかに、淡い三日月のようなティアラがゆらゆらと揺れていた。

あの海が目の裏に広がってゆく。

舟作は、妻を抱き起こし、からだを回して、髪飾りが目に入らない反対側に彼女を下ろした。頭のなかの海を押し退けて、白い裸身の上に身を伏せ、乳房のあいだに顔を押しつける。妻の苦しげな息づかいが、潜水時の自分の息づかいと重なって聞こえる。

「声を出せ……我慢せずに、声を出せ」

妻の反り返る腰に手を回し、爪を立てて押さえ込み、さらに深く入っていく。彼女が求めに応じて、声を上げる。もっとだ、と動きとともに求める。

舟作さん、舟作さん、と満恵が訴える。

彼女を抱き起こし、向かい合わせに座って抱き寄せる。この女の命を、おれのなかにすべて入れてしまいたいと願って、しぼるように抱きしめる。彼女の腕を誘って、彼の頭を抱かせる。彼女の脚を誘って、彼の腰にからみつかせる。

舟作、舟作、と呼ぶ声が、海の底に沈んでいる自分を引き上げてくれるのを感じる。生きている命を抱いているのだ。命をおれのものにしているのだ。生きている、生きている。妻の声に合わせて、舟作もまた胸のうちで念じながら、自分のすべてを温かい女のからだにぶつけつづけた。

7

ただいまー、ただいまー。二つの声が重なって、三年生の水希と、一年生の暁生が、学童保育からアパートに帰ってきた。

二人は、奥の部屋で仰向けに寝そべっている舟作を見つけ、あー、パパがいる、パパ、パパ、と声を上げ、ランドセルも下ろさず、相前後して舟作にぶつかる勢いで抱きついた。

舟作は、腕枕をしたままの状態で動かず、子どもたちが抱きつくにまかせている。

「こら。帰ったら、最初に手を洗いなさいって言ってるでしょ」

台所から、満恵が険しい声で子どもたちを叱った。

ほんの一時間前には、腰が立たないから少し休ませて、と横になっていた彼女は、いまは部屋着に着替え、エプロンをつけ、母親の顔に戻っている。

はーい、と、子どもたちが台所のほうへ戻り、ランドセルを下ろしながら、今度は、ママ、ママ、あのね、あのね、と、姉弟で母親の関心をより強く引こうと競い合う。
舟作は、子どもたちが騒がしいので、横になったまま壁のほうを向く。

パパ、遊んで。パパ、遊んで。姉弟が駆け寄って、舟作の背中を押す。

「ほら、おやつを食べるんなら、早く食べて。先に宿題しなさい」

宿題は学童でやってきましたー、きましたー、と、姉弟が声をそろえる。

「おうちでやる約束の、算数のプリントが、二人ともあるでしょ」

あーあ、やんなっちゃうな、やんなっちゃうな。姉の言葉を弟が真似て、姉がテーブルに置かれたおやつに手を伸ばしながら、後ろにいる舟作の腰にもたれかかる。弟も、おやつを口にしながら、姉のしていることを笑って、より強く父親の背中にもたれかかる。

舟作は黙ってされるがままでいる。

いつのまにか眠ったらしい。パパ、パパ、ごはん、ごはん、と揺さぶられて、目を覚ます。テーブルには夕飯の用意ができ、ふだんの舟作の位置にビールも置かれている。

「パパ、ねえ、パパ」

水希がさかんに話しかけてくる。まだ頭が回らず、うん、と口のなかで返事をする。

「神様がいるでしょ。ねえ、神様が空の上にいて、みんなのことを見てるでしょ」

急に問われて、子どもがなぜそれを問うのか、聞いてからにすべきなのに、

「いない」

と、つい、ぶっきらぼうに答えていた。

え、と水希が驚いた顔をする。隣の暁生も目を見開いて、父を振り返る。

子どもに言うべきことではなかったと思ったものの、いったん口をついて出たために、それだけでは収められず、むしろ子どもたちの無垢な表情にそそのかされる想いで、

「いると思ってたけど、いなかった。見てくれてる誰かなんて、いないのがわかった」

と答えていた。

そうだ。ずっといると思っていた。空には空の、山には山の、海には海の、神様がいる。だから、いつも祈っていた。海に出る前に祈り、海から無事に帰ったときも、感謝を捧げて祈っていた。しかし、いるとはもう信じられない事態が起きた。

「えー、でも、エマ先生も、鈴木先生も、神様が全部見てるって。だから、こっそり悪いことしても、嘘をついても、わかって、あとで叱られるって。いいことしたら、あとできっとほめてもらえるって、そう言ったよ。だから今日の、山下君も絶対あとで神様に叱られるはずだよ」

満恵が台所から、舟作のことを、非難するような、しかし気持ちがわかって悲しむような、複雑な目で見つめているのがわかる。

「ママ、神様いるよねぇ」

水希が泣きそうな声で尋ねる。

「パパにもう一度聞いてごらんなさい」

満恵が優しい声で娘に言う。

嘘をつけと言うのか。舟作はうつむいて、短く刈った髪を指の爪で荒く掻く。

娘の心を傷つけないために、嘘をついておけと言うのか。しかし、それができなくなったのだ。

他愛ない、この場限りの嘘ではあっても、こと、神だとか、仏だとかのことになれば、怒りがこ

み上げてきて、「いる」とは、とても言えない。いるなら、どうしてあんなことになるのか。見ていているなら、どうしてあんなひどいことを放っておいたのか……。

「サンタさんも、いないの?」

暁生が尋ねた。それを救いのように感じて、舟作は顔を上げた。

「いる。サンタはいるぞ」

彼の答えに、暁生が笑った。水希もほっとしたように笑う。

「なあんだ。サンタさんは神様の一人でしょ、やっぱりいるんじゃない」

舟作はそれ以上は答えず、立ち上がって、トイレに逃げた。

満恵とすれ違うが、彼女は何も言わず、サンタさんいるよー、という暁生の言葉に、よかったねー、今度いつ来てくれるのかなー、と答えていた。

翌朝、舟作は子どもたちが起き出す前にアパートを出て、小型トラックを返すために職場へ向かった。

アパートから十分ほどで海岸線に出る。夏に家族連れや若者でにぎわうビーチが見え、ほどなくビーチと道路をはさんだ反対側に、『かどやマリンスポーツクラブ&サーフショップ』と洒落た看板の出ている三階建てのビルが見えてきた。

オーナーの門屋《かどや》充寿《みつとし》は、舟作と同郷で、小学校から高校まで同じ時間を過ごした親友だった。漁師の次男坊だった門屋は、地元に残るのを嫌い、高校卒業後に東京に出て、多少の失敗を繰り返したのち、東京の隣県のこの場所に、ダイビングやサーフィン、またフィッシングなど、マリンスポーツに関する店を開いて、いまはひとまず安定している。

子どもの頃から海に潜ることが得意だった舟作に、高校時代、本格的なダイバーになれよ、と勧めたのは門屋だ。十年前にこの店を開くとき、すでにダイビングのインストラクターの資格を得ていた舟作に、おまえが来てくれたらダイビングスクールもあわせて開けるんだけどなぁ、と、それとなく誘いもかけてきた。

当時の舟作は、父親とともに地元で漁師をしていたから、門屋もだめなのはわかっていて、冗談半分の言葉だったろう。だが、舟作が家族も船も失ってからは、本気で声をかけてくれた。

妻の満恵は、門屋の従妹《いとこ》だった。二年間付き合って結婚まで考えていた恋人に去られて落ち込んでいた舟作に、ちっちゃい頃から知ってる妹みたいなやつで、ダイビングに興味があるって言うんだ、と、彼が飲み会に満恵を連れてきて紹介した。

故郷が壊滅状態になったとき、満恵と子どものひとまずの避難先として、いまのアパートを見つけ、契約などの面倒な手続きを進めてくれたのも、門屋だ。海に向き合う気持ちを失っていた舟作を、あらためて自分の店に誘い、おまえから海を取って何が残るんだよ、と、もう一度海に入る気持ちを取り戻させてくれたのも、三十五年の付き合いになる幼な友だちだった。

就業前に、店の脇にあるサーファーたちが砂を流せる水場で、小型トラックを洗っていると、門屋が外車で出勤してきた。

「おうっす。相変わらず早いじゃねえか」

昔は痩せっぽちで、カドヤではなく、ガリヤと呼ばれていた。二十歳前後の頃は湘南でサーファーとして鳴らしたものさ、と嘘か真か吹聴しているが、いまは腰回りにでっぷりと肉がつき、髪の毛は薄くなってきている。

「車、ありがとうな」

舟作が礼を言う。

門屋は鼻で笑った。

「そんなボロ、くれてやるって言ってんだろ。わかってるよ。駐車場がないし、税金だ車検だで金がかかるってんだろ。だからだよ。おれも経費が浮くからくれてやりたいのに、おまえは都合のいいときだけ乗っていく。まるきりおれが金を出してる愛人を、やりたいときだけ連れ出すようなもんじゃないか。そのくせ人からは、おまえのほうが誠実そうに見えて、おれはドケチでエロい親父として見られてるんだからな。まったく世間ほどあてにならないものはないぜ」

舟作の故郷は、冬は深い雪に閉ざされ、東京方面とはもちろん、内陸部の街とも行き来が少なくなる土地柄のせいか、舟作と似て口の重い者が多い。なのに門屋は、まるで生まれた場所を間違えたかのように、子ども時代から口が回った。

「けど貸すなら、この左ハンドルでもいいんだぜ。そんなボロ、水希や暁生もいやがって乗らないだろ。ときどき持っていくけど、何に使ってるんだよ」

舟作は答えられない。ふだんの口の重さが、こうしたとき助けになる。

「ほんと昔から人の質問に答えないよな。メシは、酒は、女は。おれが訊いて、おまえが答える前に、全部おれが用意してきたんじゃないか。よくそれでインストラクターが務まるよ」

舟作が答えようとする前に、門屋はまた先取りして、

「知ってるよ。陸のショップじゃ、いらっしゃいませ、の一つも言えない奴が、海じゃ人が変わ

って愛想まで言うんだろ。いいフィンキックですよ、なぁんて。おれが言ったら、どこ見てんのよって、セクハラ扱いだよ。じゃあな、今日も頼むぜ、舟作センセイ」

門屋は、軽く手を上げ、店の裏手にあるスタッフ専用の駐車場へ車を回す。

舟作は、小型トラックを洗い上げた後、ダイビングスクールを開く用意に回った。受講生のための器材を一つ一つ点検してゆくあいだに、若い同僚たちも出勤してくる。

門屋の店では、開店当初からダイビング用品は置いていても、ダイビングスクールに関しては準備を進めていながら、いいインストラクターが見つからず、ずっと開いていなかった。門屋が運転するクルーザーも、客に沖釣りを楽しませたり、家族やカップル向けのサンセットクルーズやナイトクルーズをおこなったりするのに用いられていた。ダイビングスクールを開講したのは、四年前、舟作が門屋の誘いを受け入れてからだ。

メインのインストラクターを舟作が務め、インストラクターの資格を持つ二十七歳の、都《みやこ》ちゃん、と皆に呼ばれている女性と、レスキューダイバーの資格を持つ、タクヤと呼ばれている二十四歳の男性が、アシスタントにつく。スクーバダイビングの講習では、ビーチから海へエントリーすることもあるし、海上までクルーザーで出て、エントリーすることもある。その際のクルーザーの運転も、舟作が受け持った。

土日には、初心者用の体験ダイビングもおこない、家族連れなどでにぎわう。平日には、主に本格的なライセンスを取得したい若者が講習を受けに訪れた。

快晴の下、舟作はクルーザーを運転し、やや沖合に出た。太平洋とつながっている海だが、大きな湾の内側になり、波は穏やかだ。海面に照り返す陽光が、サングラスを通してさえまばゆい。

受講生は全員二十代で、女性が三人、男性が二人。タクヤが場の盛り上げ役で、パラオでイルカと泳ぎたいから、モルディヴでマンタに会いたくて、という、受講生たちの夢を聞き出し、彼らのモチベーションを高める。都ちゃんは冷静な相談役で、海外で潜るときに必要な心得を話していた。

受講生たちは前回浅い水深でのダイビングを経験しており、今回舟作は十メートルの水深のポイントにクルーザーを運んだ。

アンカーを下ろし、器材の点検を各人でやらせる。問題がないか、都ちゃんとタクヤがさらに点検する。

舟作が先に海にエントリーする。今日はウエットスーツを身に着け、フードはかぶらずに髪の毛を露出させ、目と鼻を覆うだけのマスクをつけて……つまりは、からだが海水に濡れることを許して、クルーザーから海へ、立ったまま足を一歩踏み出し、そのまま真下へ落ちるかたちの、ジャイアントストライドと呼ばれる方法で海にエントリーした。

水のぬるみが顔や髪、またスーツを通して感じられる。無数の泡が自分を包み込む。月の下の潜降では見えないきらめきが、海面に向かって立ちのぼってゆく。

海月《くらげ》の群れにも似た泡を追いかけて、海面を見上げる。幅の違う幾つもの光の帯が、重なり合いながら差し込んでくる。光の帯は、その幅も、重なり合い方も、波の動きに影響を受け、つねに変化して、まるでオーロラのなかに入り込んでいるように感じる。

舟作はゆっくりと海面に上がった。

クルーザー上で待機している受講生と、都ちゃんとタクヤがこちらを見ている。指でOKサインを送る。それを受け、受講生五人が次々と海にエントリーしてくる。都ちゃんもエントリーし、タクヤが船に残る。都合六人が、舟作の周囲の海面に浮かんだのを確認して、それぞれバディとして組を作っている相手と、器材の状態を確認させた。

ハンドサインで、潜降を受講生たちに指示する。自分が先に潜り、そのあと全員が潜降する手順は、先に伝えてある。皆が了解し、サインを返してくる。

舟作は、見本となるかたちで、パワーインフレーターを肩より上にはっきり掲げ、空気をBC内から排出して、肺から息を吐き出し、潜降をはじめた。耳抜きを繰り返しつつ、前傾姿勢を保って、ゆっくり海底に着く。快晴のため、太陽の光は海底まで届き、周囲がある程度まで目視できる。

目に見える範囲では、大小の石が転がる砂地に、ところどころ海草が生えているばかりで、この辺りは珊瑚礁《さんごしょう》もないので、陸地で言えば、殺風景な荒野の景色である。だが、目を凝らせば、そこここに小さな魚たちの行き交う姿が認められる。しかも海面に近い場所を泳いでいる魚の場合は、黄色や黒や淡い灰色、淡い緑といった色も認められた。

受講生たちが、都ちゃんの指示に従って、次々と潜降してくる。

太陽がその先にあるとわかる海面のポイントは、周囲に比べてひときわ輝き、波の加減で絶え間なく光の形状《フォーム》が変わって、原始的な万華鏡をのぞいているかのようだ。

日中に海のなかに入ると、舟作は宇宙を実感できる。

自分がいまフィンの先を着けている海底がアース、地上であり、魚が行き交う海は空である。そして海の外、太陽が輝く場所が大気圏外、宇宙空間だと感じる。宇宙と地上のあいだの空を、自分たちは自由に飛び回ることができる。

泡を噴き出しつつ潜降してくる人間たちをよけ、通りかかった魚の群れが泳ぎ去る。陽光をはね返してひるがえる小魚のからだは、無数のイルミネーションのようだ。魚たちの鮮やかな動きに比べ、人間はあまりにも鈍重で、醜くさえ見える。

舟作はふと、あの聖域の海で、海底に眠っている誰かが見上げれば、水にふれることを恐れた完全防備で潜降していく舟作は、やはりなんとも鈍重で、醜い生き物として映っているだろう、と思った。

受講生たちが次々に潜降して、四つん這いの恰好で着底する。一人の受講生が、着底時にフィンを動かしてしまい、海底の砂を巻き上げた。

周囲が巻き上がった砂で覆われてゆく。

舟作は、受講生たちに、落ち着いて移動するようハンドサインを送った。全員がパニックになることなく、穏やかに対処するのを見届けるうちに、彼が舞い上がる砂煙に包まれていた。

あえてその場にとどまり、まだ水が濁っていない頭の上を見上げる。

海上を風が吹き渡ったのか、宇宙から差し込む光の帯の重なりが、大きく揺らいで、うねるように水中のオーロラを変化させる。

ついには砂煙が視界をさえぎり、オーロラの光をおぼろげにかすませていく。

舟作は、暗雲の向こう側で輝く光に向けて、つかめないとわかっていても、そこに光が見える限りにおいて、はかない希望に似たときめきをおぼえ、重力に抵抗して、手を伸ばした。

第二部

1

シルル紀と呼ばれる、現代からさかのぼって約四億三千五百万年前から四億一千万年前までの、古生代の時代に生きていたクサリサンゴの化石が、その場所で出土した、と言われていた。まだ恐竜もいない時代である。

海藻類やウミユリ類、サンゴ虫や三葉虫などが棲息しており、その時代の末の頃に、ようやく最初の陸上植物であるシダ類が現れたらしい。

舟作は、三歳年上の兄、大亮《だいすけ》に連れられて、幼な友だちの門屋のほか、近所のとくに仲良くしていた子どもたちと一緒に、故郷の港町の北西部に連なる山地へと自転車を走らせ、よく化石を掘りに出かけた。

高い丘と呼ぶ程度の標高の山ばかりがつづく山地ではあるが、港のある町からの上り坂は平地が少ないために急であり、子どもたちはみな早々に自転車を下りて、押して歩かねばならない。ならば初めから歩いて登ればよいかと言うと、下り坂で自転車を飛ばすときの爽快感が、この探検行の魅力の一つだったから、子どもたちはどれだけ面倒でも自転車を運び上げねばならなかった。

港を遥か下方に見下ろす場所に登ると、道路から山側に深くえぐれた、山の奥への入口が現れる。子どもたちは、山肌に沿った場所に自転車を止め、歩いて森に入ってゆく。

子どもの誰もが化石を掘れるわけではない。港祭りの神輿《みこし》担ぎのときに、自分の持ち場の責任をしっかり取れているかどうか、地域の兄貴分である少年たちから評価され、「見込みがある」と思われた後輩たちだけに、代々、化石の採掘場が伝えられた。

熊はもっと山奥に入らないと出ないが、猪は麓の畑をたびたび荒らしていたから、子どもたちは縦一列となって、拾った棒を振り回し、当時流行っていたテレビアニメの主題歌を歌いながら山路を進んだ。最も危険な先頭には、年上の大亮が立ち、子どもの頃は泣き虫だった舟作は、万が一のときに逃げやすい一番後ろを、門屋と争っていた。

ただし、疲れても、虫に食われても、鋭い草や葉で足や腕を少しくらい切っても、弱音を吐く者は二度と誘ってもらえないため、集団で最も年下だった舟作も門屋も文句を言わず、草を払い、蚊を払い、登りつづけた。

茂みのなかの曲がりくねった道を一時間以上登ったところで、樹木が急に失せ、石ころと土と背の低い雑草とに覆われた、学校の教室二つ分くらいの空間に出る。正面には、断崖が高くそそり立っている。

古い時代の地震によって、山の斜面がほぼ真っ二つに割れて崩れ、古い地層がむき出しになった場所だった。学術研究のための発掘はとうの昔に終わり、子どもたちの探検も長い伝統を経て、めぼしい化石は採集し尽くされている。

それでも、棒切れや先のとがった石を使って、あちこち丹念に掘っていけば……完全な形の化石が出てくることはまれなものの、古生代の植物や三葉虫の化石のかけらが、きっと幾つかは出てきた。

　子どもたちは、山の奥深い場所で海の生き物の化石が出ることを不思議がった。

　大昔ここは海で、地震で山になったんだ、だったらまた海にもどることもあるのかな、と誰かが口にした。別の子が、そんなこともう起きるわけないよ、と答えた。すると年上の子たちが、地球は生きているから何が起きるかわからない、ここがまた海の底に沈むことだってありうるぞ、と言った。とはいえ、海にもどる可能性に賛成した者も含めて全員が、自分たちが生きているあいだにそれが起きるとは思っていなかった。

　舟作の代《だい》の化石掘りチームのリーダーは、大亮だったが、最もよく化石を見つけ出すのは、舟作だった。

　勘が働く、としか言いようがない。ここは前もたくさん出たから、先輩がこの辺で見つかるって言ったから……そんな場所を、大亮や門屋たち、ほかの子どもたちは探す。だが舟作は、両手を地面すれすれに浮かせて、まるで泳ぐように、からだの前から後ろへと手を動かしながら進んでいく。すると、あ、と思うことがある。いつもとは言えない。むしろそんなことが起きないことのほうが多いけれど、ごくまれに、嗅《か》ぎ慣れた潮の匂いを鼻の奥に感じることがある。気のせいかもしれない。だが、その辺りの小石を除き、砂を払い、土を掘っていくと、石のなかに閉じこめられた古生代の生き物が姿を現した。

　この特技があるからこそ、大亮は泣き虫の舟作を仲間に入れたらしく、舟作が探し当てた場所は、途中から大亮たち上級生に横取りされた。

舟作の勘は、海のなかでも生かされた。いや、海のなかで発揮していたものを、化石掘りのときに応用した、と言ったほうが合っているかもしれない。

彼は、赤ん坊の頃から海に入ることを好み、顔が潮水につかってもまったくいやがらなかったらしい。三歳のとき、波打ち際で遊んでいた舟作の行方がわからなくなり、大騒ぎになったことがある。ほどなくして彼は家族の心配をよそに、海の底から美しい貝殻を拾って、にこにこ上がってきたという。以後も、珍しい貝殻を拾いにたびたび潜り、小学校に上がる頃には、素潜りに関しては高学年の上級生にも負けないほどだった。

彼が小学校二年のとき、浜辺へ海水浴に来ていた他県の女性が、海中にダイヤの指輪を落とした。地元の住民が協力して、一列になって海に入り、足で探るなどして見つけようとしたが、だめだった。母の形見なのだと、女性はどうしてもあきらめきれない様子だった。浜辺に遊びに来ていた大亮がそれを知り、弟を呼びに家へ戻った。海で遊んでばかりで勉強をしないことを母に叱られ、宿題をやらされていた舟作は、兄に連れ出されて海辺に駆けつけ、女性が指輪を落としたらしい大体の場所を教わり、海に潜った。

「ああ……ぼくは、こんな簡単な計算もできないのか、こんな漢字も読めないのか、言いたいことがあるならハッキリしゃべれ、なんて叱られてばかりいる。兄ちゃんのように、逆上がりも野球もうまくできない、何をしても負けて、いつも泣かされる。けど……海のなかは、なんて自由なんだろう。誰にも叱られないし、バカにされない。息をするのも、陸より楽に感じるくらいだ。ああ、海のなかでずっと暮らしたいなぁ」

舟作はそのとき初めて言葉にして実感した。これまでも同様の感じ方はしていたが、はっきりと言葉にして考えたのは、初めてだった。考えながら、海の底にふれるかふれないかの位置で手を動かしながら進んだ。息がつづかなくなれば浮上し、また潜った。

　不意に、あ、と思った。化石のときとは別で、海のものではない、嗅ぎ慣れない匂いを感じた。その場所の砂を払いのける。水中に差し込む日の光を受けて輝く、小さな光があった。小粒の真珠ほどだったが、光り方が海で生まれたものとは違っている。拾い上げ、浜へと持ち帰って、大人たちを驚かせた。

「あのときだよ」

　と、成人したのち、大亮がたびたび口にした。

「おれは五年生で、舟作は二年だったけど、あのとき、親父の跡を継いで海の仕事をするのは舟作だ、って思ったんだよな」

　大漁の読みを生かして名付けられた大亮ではあったが、高校卒業後は近くの大規模なセメント工場に就職した。二十五歳のときに高校の同級生と結婚し、工業団地で暮らした。デキ婚で、娘が一人いた。三十二歳のとき、彼の浮気が原因で離婚となり、妻と六歳の娘は内陸部の都市に移った。彼は、工業団地に一人で住みつづけ、寂しいのだろう、よく実家に戻って一緒に夕食をとり、父や舟作と酒を飲んだ。ときおり船の掃除や、破れた網を繕うのも手伝っていた。

　かつての化石掘りチームの仲間のうち二人が、約三十年後、海に呑まれて命を失った。うちの一人が大亮だった。

　ここがまた海の底に沈むことだってありうるぞ、と言ったのは彼だった。

満月から一日過ぎた十六夜の明るい月の下、舟作は小型ボートに乗って、オールを漕ぎ、港から外海に出ようとしていた。

波がやや立っているが、潜れないほどではなく、文平も行けると判断した。

前回から四週間ぶりだから、スケジュール通りと言っていい。

人に知られないよう秘かに海に出るため、明かりは灯せず、月が海を照らしていることが、この仕事の条件の一つだった。半月でぎりぎり、三日月では暗くて出られない。また、月が朝方や日中にのぼって夜に沈んでしまう場合も、船は出せなかった。

二つ目の条件は、当たり前だが波が穏やかであること。三つ目は、舟作がふだん別の仕事を持っているため、原則として、勤めているマリンショップのシフトが休みとなる火曜の午後から水曜にかけてしか時間が取れなかった。

以上の条件が揃うのはなかなか難しく、五月に二週連続で潜れたことがあったが、逆に雨のせいで五週間あいだが空いたこともあり、平均して月一度というペースだった。

「で、大亮の娘が何だって？」

舟作の向かい側で、船外機の操作ハンドルに手を置いた文平が訊く。口の重い舟作と話を進めるには、つねに自分のほうが倍は話さなくてはいけないということを、彼はわきまえている。

「だから、その姪っ子が、何でわざわざおまえのところに来たんだ？」

「受験の下見だ」

舟作が、防波堤をよけるのに、一方のオールだけを動かしながら答える。港は静まり、防波堤を打つ波の音しかしない。ささやくような声でも相手に聞こえる。

「へえ、もうそんな年かよ。名前は何てった。姪っ子の名前だよ」

「麻由子《まゆこ》」

「おまえンとこみたいに、海と関係する字は、入ってるのか」

「いや」

「そうか。大亮は早々に海をあきらめたからな。で、受験の下見って、おまえンちの近くの大学でも受けるのか」

「東京や横浜の大学を見たいから、二日ほど、泊めてくれと」

「あ？　おまえンとこから東京は、電車で小一時間はかかるだろ。横浜なら倍だ。それに、狭いアパートだろうしよ。あっちに残してきた家のローン、まだ払ってんだよな」

「家は売れた」

「聞いたよ。安く叩かれて、買ったときの全額はカバーできねえから、住んでもねえし、もうおまえのものでもねえ家に、金を払いつづけてる。だろ？」

舟作は答えなかった。

「姪っ子は小さいとき、おまえになついてたんだろ。おまえの親父が、何かそんなことを言ってたな。大亮の娘が、舟作にべったりくっついてるとか……。前に、いつ会った？」

「法事のときだ」

「じゃあ、半年前か」

「今年の三月は、来なかった」

「……だんだん遠いところの者は、来なくなるよ。じゃあ、久しぶりに大好きだった叔父さんに会いたいってのも、あったのかもしれねえな。おまえンとこで寝られるのか」

「うちの子がなついて、きょうだいみたいに抱き合って寝てる。倹約だそうだ」

ボートが外海に出て、舟作はオールを上げた。ブレードの先端からこぼれ落ちる水滴が、月の光を受けて淡くきらめく。文平が、船外機のスクリューを海のなかに入れ、スターターの紐を引いた。エンジンがかかる。まだギアを入れないのか、走りださない。

「おまえ、言ってたよな」

舳先《へさき》に向き直った舟作の背中に、文平が語りかけてくる。

「船のなかで死んだのは、大亮でなく、おまえだった可能性があるって……たまたま腰を痛めて、予定していた船の修繕、大亮が代わってくれたって……」

舟作は前方に目をやったままでいた。やや高い波が寄せて、ボートが揺れる。

「けど、そんな話は、あちこちで聞くよ。どうにもこうにも、こればっかりは、運命だからな。気に病んでも、しょうがねえぞ。誰のせいでもねえんだ」

舟作は、寄せてくる波の動きに目を凝らして、黙っていた。

文平がギアを入れ、ボートが動きはじめる。ほどなくスピードが上がり、船体は大きく弾みながら、太平洋の沖を目指していく。

波の山が、遠い彼方まで月の光に照らされ、こちらに向かって、迫り、消え、また生まれ、連なりつづける美しい文様のように見える。波の立ったところは明るく、影となる面は黒く、統一されたモノトーンのデザインが、自然の力で造形されている。

空は雲が多く、風もある。月の前を雲が通り過ぎてゆくのに合わせて、海上は暗くなったり明るく映えたりを交互に繰り返す。

飛行機がフライトするよりも高い位置を、星と見紛う小さな光がすうっと静かに移動してゆく。人工衛星だ。日によっては幾つも見える。

しばらく見送るうち、別の光が目の端をよぎった。視線を振ったときには、流れ星が消えゆくところだった。また願い事をしそびれた。

今夜も〈光のエリア〉は、まばゆい光を海と空とに向けて放っている。

人工衛星や宇宙ステーションからも、このエリアの光の量は特異に見えているかもしれない。周囲が闇に沈むなか、この一点だけが砂漠のなかの街のように輝いている。事情を知らない宇宙飛行士が目にしたとき、その輝きに何を夢見て、何を期待するだろう。

ダイビングのポイントを文平が決めて、アンカーを下ろす。

舟作は、タンクを装着したBCを背負い、フルフェイスのマスクをかぶった。すべての用意を整えて、バックロールの態勢に入るために、船縁に腰を下ろそうとする。

文平が、待て、と手のサインで止めた。

これまでなかったことだけに、舟作は不審な想いで相手を見た。

文平が、持参した布製の手さげ袋へ手を入れ、小さなふろしき包みを出し、舟作の足もとに置いた。ＬＥＤライトをそばに寄せ、包みを解く。

出てきたのは、前回、舟作が海から拾い上げたティアラだった。

「文さん……」

舟作はマスクのなかで声を上げた。

「聞け、聞いてくれ」

文平が手を前に突き出し、早口で言い訳をはじめた。

「黙ってたのは悪かった。だが、おれの言い分もある。まあ、座れ、座れよ」

舟作は仕方なく、いったん横木に腰を下ろした。

「ボートを一人で出して、ここまで来るのも簡単じゃねえことは、おまえもわかってるだろ。夜だと事故があったらまずいから、日中に、という話だった。けど、お天道様の下だと、漁ができずに家でじっとしてる漁師仲間が誰彼と、釣り道具を持って港に顔を出すんだ。おれがボートを出しゃあ、何やってんだと、きっと声をかけてくる。戻ってくるのを見りゃあ、陸揚げを手伝いながら、ボートのなかをのぞき込む。釣り竿は置いてるが、何も釣っちゃいねえ。問われりゃ適当に答えるが、嘘はうまいほうじゃねえ。燃料も必要だし、手間もかかる。その分の割増しは欲しいが、いま言いたいのは、それじゃねえんだ……」

文平は、申し訳なさそうに、だが、この際に秘密をさらして楽になろうと企んでいるらしいこずるさも、表情の端にうかがえる。

彼は、手さげ袋のなかからまた小さな包みを出し、舟作の前で包みを解いた。以前、舟作が海から拾い上げて、珠井から、これは受け取れない、海に戻してほしい、と突き返された、腕時計とおもちゃの指輪が出てきた。

舟作はフルフェイスのマスクを外そうとした。

「待て。いいからそのままで聞け。取ったら、またかぶらなきゃいけねえだろ」

文平が舟作の動きを押しとどめる。

「腹を立てるのはわかる。割増しの金が欲しいなら、言えばいい。一人で船を出すのが面倒なら、それも言って、おまえと一緒に来たときに、戻せばよかった。わかってる。おれは頭はよくないが、まるきりバカでもねえ。だがな、舟作……本当にいいのか」

文平の声が、急に低い調子に沈んだ。真摯《しんし》な想いが声にこもっており、舟作は彼が言わんとすることが予想できた。文さん、それは言うな……。

「本当にいいのか、舟作。本当に、これを、海にまた戻していいのか」

舟作は目を閉じた。

「苦労して、海から持ち帰ったものだぞ。持ち主がわかるかもしれねえ品物だ。おまえは、おれが金だけで引き受けたと思うかもしれねえが、おれだって、何かしら手伝いができりゃあと思ったのは本当だ。そこいらの潜水士じゃなく、おまえに声をかけたのも、だからこそだ。おまえなら、珠井さんたちの気持ちがわかると思うからだ。そのおまえが、海の底から探し出してきた腕時計、おもちゃの指輪、髪飾り……戻すのは、正しいのか」

舟作は目を開き、あらためてふろしきの上の品物を見つめた。

「これが、おれが海に戻しに来るのをためらった、一番の理由だよ。わかるだろ?」

わかる。だが、どうにもならない。舟作は、グローブをした手を伸ばして、ふろしきの上の物をつかみ、おい、と文平が止める間も与えず、貝入れ網の口から奥に入れた。

「どうすんだ、舟作……」

舟作は船縁に腰掛け、マスクとヘッドライトが落ちないように注意して、バックロールで海にエントリーした。

暗い海に足から潜降してゆく。

ヘッドファーストと呼ばれる頭から潜降する方法を、舟作くらいのベテランになればおこなうのが常だ。だが、受講生に手本を示す必要のあるダイビングスクールの講習時と同様、この海では、フィートファーストと呼ばれる足からの潜降法を取る。

この海には何があるかわからない。何度も潜ってきたとはいえ、前回から四週間が過ぎている。ポイントも違う。潮の流れによって変化が生じ、思いもかけない障害物が存在している可能性を考慮しなければならない。

夜の海に潜ること自体は、何度も経験があった。ダイビングに没頭しはじめた若い頃は、漁の仕事で得た金を、ほかの若い漁師仲間のように車やパチンコには使わず、スクーバダイビングに注ぎ込んだ。漁が休みの時期には、国内のダイビングスポットにとどまらず、海外へも出かけた。海水の透明度が高い海外のダイビングスポットでは、ナイトダイビングが盛んにおこなわれていた。

海中のある程度の深度まで月の光が差し込み、暑い日中は岩陰に隠れていた魚たちが自由に泳ぎ回る姿が、色調をぼかした幻想的な絵画のように見えた。

魚たちは、陽光の下とは違う、青いベールを一枚かぶせた深みのある色合いで、俊敏に、ときに悠然と、身をひらめかせる。そうしたとき舟作はよく、ドライスーツもウエットスーツも着ずに、水着とマスクとシュノーケルとフィンだけで潜った。全身を魚たちと同じく海水にさらし、水の感触や潮の流れを敏感に感じ取りながら、魚と戯れるように泳ぐ時間が、至福の時に感じられた。タンクを背負っていなくても、どこまでも深く、長く潜ることができる気がした。

だが、この海に初めてエントリーした夜は、なかなか潜降できなかった。海が月の光を拒むかのようで、波の下に光はほとんど差していなかった。人々の暮らしが、いま自分が浮かんでいる波の下に沈んでいると思うと、文平が乗るボートのかすかな軋みが、海底からの悲鳴にも、うめきにも聞こえ、波の下に入っていくことが怖いと感じた。

いまは慣れて、潜降そのものへの恐れは減ったが、自分が何を見てしまうのか、何を見つけ出してしまうのか、ということへの恐れは、完全にはなくならない。

故郷の海が被災して二年後、海に潜って行方不明者を捜索するという警察の仕事に、舟作はボランティア・ダイバーとして参加した。

すでに浚渫船《しゅんせつせん》が海底をさらい、家屋や船などのサイズが大きいものは、おおむね片づけられていた。日中でもあり、恐怖はなく、なぜこんなことを許したのか、どうして救ってくれなかったのかと、あらためて不審の念を抑えがたく感じながら水のなかを進んだ。

行方不明者を、つまりは遺体なり遺骨なりを発見するにはいたらず、目覚まし時計や、額に入った絵など、数点の品物を海底から持ち帰った。それらは人々が閲覧できるように、地元の美術館に置かれ、家族から申し出があれば返還に応じたはずだが、どうなったか詳しいことは知らない。

現金や貴金属の取り扱いについては、事前に何も言われなかった。見つかりもしなかった。大型の金庫をクレーン船が引き上げて、確認後、持ち主に返還したことがあると聞いたが、わずかな扉の歪みから水や泥が入って、なかの証書類などはまったく使い物にならなかったという。

舟作は、二つの海の違いを思いつつ、ゆっくりと潜降をつづけ、フィンから先に着底した。

姿勢を安定させたのち、水中ライトを点ける。闇に眠っていた海が、夜明け前の時を迎えた空のように、ほのかに白く空間を広げ、沈んでいるコンクリート片や家屋や車体や鉄骨などの影が、おぼろに霞がかった印象で浮かび上がる。

四年半前、被災したばかりの故郷を歩き回ったとき、潮と泥と鉄粉と材木と腐った魚のにおいがした。海に流れ出た油が燃え上がったせいで、油くささや焦げくささも入り混じり、たびたび吐き気がしたものだが、あのにおいが一瞬よみがえった。

目をいったん閉じて、深い呼吸を繰り返す。腕に巻いたダイブコンピューターで方位を確認して、砂を巻き上げないために、あおり足で進んだ。

前回はこの辺りで携帯電話やパスケースを発見して、白いリボンを残したはずだが……その場所は、見つけられなかった。もう一度方位を確認して進んでいく。家屋の屋根が重なり合っている場所に出た。衛星放送用のアンテナもまだある。

這い寄るようにして、アンテナのある屋根の下に進み、砂や泥の扱いに注意して穴を掘った。さほど深くは掘れないが、ほどよいところで、からだの後方に流れている貝入れ網をたぐり寄せ、ひっくり返して、ティアラと腕時計とおもちゃの指輪を砂地の上に落とした。

いま掘った穴のなかに、三つの品物を入れて、穴を埋める。

こんな真似をしても、潮の流れ一つで掻き出され、沖へさらわれるかもしれない。しかし、もしも珠井の気持ちが変わって、あのティアラは、あの腕時計は、あのおもちゃの指輪は、と求められたとき、掘り返せる可能性は残しておきたかった。

2

この日、採集できたものは、木で作られた鯨の彫刻。形が巧く作られており、所有者がわかりそうに思えた。小型の水筒は、ボディがひしゃげているが、ネームシールが半分残っている。ステッキの柄の部分。柄の模様が浮世絵らしく、少しは特徴と言えるだろう。『トイレ用』とマジックで書かれたスリッパ片方。その字で、持ち主がわかればと期待する。

ほかは、右手用の革の手袋。色の違う靴下が二つ。陶器の、わりと大きいかけらが幾つか。長さ八センチ程度のパトカーのおもちゃは、見えない誰かが遊んでいるように、舟作が作業している目の前の砂地の上を行ったり来たりしていた。

「今夜はいまひとつだな」

自宅の庭で、品物を洗浄し終わったあと、文平が言った。

舟作もわかってはいるが、時間ぎりぎりまで粘っての結果なので、仕方がない。それより気になることがある。

「沖へ東に進んだ辺りから、海底に傾斜がついて、どんどん深みに落ちていくようだった。用心して近づかなかったが、海底の地形に変化があるのかもしれない」

と、文平に報告する。

どの辺りだ、と文平に問われ、大体のところを説明する。

移動していくうち、以前写真にも撮った、車体に老人福祉施設の名前が入ったワンボックスカーと、押しつぶされた外車の二台が重なり合ったところに行き当たった。夏に一度探索したので、もっと沖合のほうへ進んでみたところで、海底の傾斜に気づいた。ライトの届く範囲では、傾斜はしばらくつづいて、深い場所へ引き込まれるようだった。

「海の底も、あのとき深くえぐられただろうからな。いま表面に載っかっているのは、転がりやすい石とか、柔らかい砂や泥だろう。強い流れが来れば持っていかれて、いままで平坦だったところが、いきなりがくんと深くなる、ってことは起こり得る。用心しろよ」

舟作は、邦代の焼いてくれた肉に、飢えた獣と変わらない勢いで食らいつき、仮眠を取って、珠井の待つホテルへ出かけた。駐車場の空いたスペースに、従業員用の場所に置いたほうがよさそうな小型トラックを駐める。

今日もジャージーのズボンにサンダルばき、上はトレーナーに、ようやく気温が暦どおりに秋めいてきたので、薄いパーカーに袖を通している。漁師なら十分に制服だが、シティホテルに適した格好とは言えない。

ホテルの玄関を入って、ロビー正面には、赤と黄に色づくモミジを模した造花が飾られていた。品物を入れたケースをさげて、足早にエレベーターホールへ向かう。三台あるエレベーターがすべて上階にあり、しばし待つことになった。

手持ち無沙汰で、首をめぐらす。玄関ロビーの横手にある広い喫茶ラウンジのところから、見られている気配を感じた。玄関寄りのテーブル席に腰掛けている、栗色の髪を肩の上で跳ねる感じに伸ばした女性と目が合った。

たまたまこちらへ顔を振り向けた、というのではない。であればすぐに目をそらすだろう。彼女は、睨みつけでもするような、厳しくとがった視線を舟作に向けている。

あるいは、彼の格好を非難しているのだろうか。ホテル出入りの業者だと勘違いし、裏口を使わずに客と同じホールでエレベーターを待っていることに眉をひそめているのか。

彼女がソファから腰を上げた。背筋を伸ばして、顎をやや突き出し、手を下腹の前で重ねて、まっすぐ立つ。凛とした姿勢に、見覚えがある気がした。

四週間前に、このホテルに品物を届けにきて帰る際、やはりあのラウンジのところに立って、舟作を見ていた女性ではないだろうか。

あのときは、髪を幾筋かずつ美しく縒り合わせて頭の上でまとめ、からだの曲線がはっきりとあらわれるパンツスーツ姿だったと覚えている。今日は、ラインがふんわりと柔らかいワンピース姿だ。ただし腰のところは細くくびれて、スマートなシルエットは変わらない。仕立ての色合いも上品で、シャープな印象のストライプが入り、途中で見切れてはいるが、パンツスーツでは隠されていた膝から下の脚もあらわになっているようだ。

だが、一ヵ月前と同じ女性を見かける、というだけでなく、二度とも相手のほうが彼を見つめる、ということが起こり得るだろうか。いや、彼女が見ているのが舟作かどうかわからない。周りを見回し、彼のほかに誰もいないことを確かめ、彼女に顔を戻した。

彼女が不意に左手を上げた。肘から先を曲げて、自分の顔の横で、まっすぐ指を伸ばした左手の甲を、舟作のほうに向ける。外光は低いところに当たっているので、天井からのライトを受けてだろう、その手の甲の一部が小さく光った。

目の前を人影がよぎる。エレベーターから人が降りてきたらしい。扉が閉まることを知らせるブザーを聞いて、舟作はとっさにエレベーターに乗り込んだ。慌てたせいか、いつもの階のボタンを押すとき、二階のボタンに手が当たった。小さなイベントや集会などに貸し出される部屋が、幾つか集まった階だ。

エレベーターの扉が開いて、無人の廊下が見えたとき、殺風景な広い会議室で珠井と初めて会ったときのことが思い出された。

今年の一月、雪の降る日だった。

先に文平から、こんな話がある、と聞かされ、気持ちは揺れていた。

失われた町の住民に対する同情はあった。舟作のところは、被災直後から、生存者や行方不明者の捜索がおこなわれ、見つかった遺体は収容されて、葬儀が営まれた。やがて瓦礫が撤去され、時間を追うごとに整理が進み、道は半ばとはいえ復興へと歩みだしている。だが失われた町の住民たちは、町に入ることさえ制限され、行方不明者の捜索もままならないと聞く。何らかのかたちで役に立ちたい想いはずっと抱いていた。

一方で、汚染が懸念される海に潜ることへの不安もぬぐえなかった。海のなかの障害物によって身を傷つける危険性もある。断るほうが無難だと、話を聞いたときは思った。

なのに、文平に計画を持ち込んだ人物に会ってから決めようと考えたのは、胸の奥に、うまく言葉にはできない、熱を帯びた複雑な想いを感じたせいだ。積極的に潜りたいわけではない、でも別の誰かにその役目を取られるのもいやな気がした。

複雑な想いの正体は、文平に言わせれば簡単だった。

「おれも危ない話にゃ乗りたかねえ。健康面の不安はもちろん、海保か水上警察に拘束される危険がある。けど、そのぶん金になる。一回潜るだけで、片手、払うってよ。伜《せがれ》の借金は、利子もばかにならねえ。おまえだって、住んでない家のローンを払ってんだろ」

いや、文さん、そうじゃない……。舟作の感じている熱は、金銭のからんだものではなかった。突拍子がなく、ばかげた、しかし切実さや胸苦しさを感じさせもする計画を、わざわざ見知らぬ他人に持ち込んできた相手と会えば、それが何か、具体的にわかるかもしれないと思った。

珠井は、文平の同席を断り、舟作と二人で会いたい、と言ってきた。計画を進めている責任者として、舟作の人となりを見極める意味合いがあったのだろう。

珠井は、丁寧に自己紹介を兼ねた挨拶をしたのち、

「ともかく、わたくしの側の事情をすべてお話しいたします」

と、淡々とした口調で、失われた町に自宅があったことから話しはじめた。

公務員である彼は、異動の辞令を受けて内陸の都市に勤務し、同じ街の進学高校に通うようになった息子と同居していた。そして異動からほぼ一年後、自宅のあった町が津波に襲われ、妻と中学生の娘の行方がわからなくなった。

行方不明者の捜索や、町に残された品物の回収などが、当時からいまに至るまで思うにまかせないことに対して、公務員である珠井は、行政側の限界が理解できると語った。町を覆う汚染の濃度が高いなか、すべてを無制限に許可して、万が一のことが起きた場合の責任を誰がどう取るのか。訴訟問題に発展する可能性を考慮すれば、結論は容易に出るはずがなく、これからも長い時間、制限は課せられたままだろうと、彼は見立てた。

「住民でさえ月に二回の立入りが上限で、年に十五日しか入れません。滞在も五時間以内と定められ、午後四時には身に浴びた汚染の度合いを測定するスクリーニング会場に戻らねばならないのです。町の出入口にはバリケードが敷設され、警備員が検問に立っているので、勝手なことはできません。そんなとき、ふっと、海から入っていけないだろうか、と思い立ちました。お恥ずかしい話ですが、スパイ映画の影響だと思います」

珠井はにこりともせずに打ち明けた。岸から離れた場所から潜って、海中から近づき、誰にも気づかれずに町へと上がっていくイメージだったという。

そんな行為に誰が協力してくれるのか、心当たり一つなく、いっそ彼自身が潜れないものかと可能性を求めて、休日にダイビングスクールに通った。必要な知識や技術を学ぶにつれ、スポーツの経験がほとんどない四十半ばの素人が、この先どれだけ経験を積んでも、到底無理な計画だと思い知らされた。

だが、あきらめきれない珠井は、地元の中学で同級生だった漁師を、避難先に訪ねた。旧友は、震災のおりは漁を休み、他県での法事に出かけていて被災を免れたという。中学卒業後は会えば目礼をする程度の仲だったが、珠井はあえて酒の席に誘い、しばらく町の思い出話をしたあと、海から町に上陸して思う存分捜索できないものか、と冗談を装い、相談してみた。相手は苦笑し、大事なものはほとんど海に流されて、町には残っていないだろう、と首を横に振った。

そのときまで珠井は、町のなかを自由に捜し回ることばかりを考え、願っているものの多くが海に流されている可能性に頭が回っていなかった。

「それを聞いてようやくわたしは、だったら海の底から、大切な人につながる品物などを探し出せないか、と思いついたのです。でも、同級生の彼はやはり否定しました」

以前は海藻が群生し、魚も多い、豊かな海だったが、いまでは危険な海に変わってしまったに違いない、と相手は答えた。折れ曲がった電柱、切っ先を突き上げている鉄骨、縦横にからまり合う電線やケーブル。一時的に海底で安定している家屋や車両などの重量物さえ、海流や潮汐《ちようせき》流《りゆう》の変化で、いつ動きだすかわからない。まして海は汚染されている。海も立入り禁止の区域に入っているはずだから、破れば、刑務所行きかもしれない。

「それでも潜るダイバーは、最高の技術と度胸を兼ね備えた、大馬鹿者ということになる。あの海の流れや潮の干満、海底の様子をひと通り頭に入れている、やはり大馬鹿者の船乗りと、ボートも必要だ……見つかりっこない、と言われました。無理なことは、わたしにもわかりました。でも、妻と娘の笑顔を思い出すと、あきらめきれなかったのです。可能性がゼロでないなら、試すだけは試してみたかった……何もせず、ただ離れた場所で立ち尽くしているだけの状態に、もう耐えきれなかったのです」

どこかにそんなダイバーと船乗りはいないだろうかと、珠井は食らいつくように、同級生の漁師に尋ねた。相手は辟易《へきえき》し、広い海では何も見つからない可能性が高いのに、ダイバーや船乗りの前に、まずそんなことを考えるおまえが大馬鹿野郎だと突き放した。

「そうです。このような頼み事を人にするからには、わたしがまず大馬鹿者になりきらなければいけないのだと、腹をくくりました」

公務員らしく彼は、まず予算だと考えた。アイデアを実現させるには、どんなことであれ、まず金、と仕事で叩き込まれてきたという。生きていくのに、さほど大金がいる身ではないが、息子との暮らしがある。息子が世に出るにはまだ数年かかる。けれど、妻と娘が生きていればきっと必要だった金を、二人の生死を知るために使ってもよいのではないか……いや、心はもう二人の死を受け入れはじめている。だから、二人が使っていた品物を……こう言うしかないならば〈遺品〉を見つけ出すことに、いくらかの金を使ってもよいのではないか。実際もしも妻と娘の〈遺品〉が戻ってくるなら、ある程度の額を支払っても惜しくない、と思った。

珠井は、あの町で家族や友人を失った船乗り、あるいはダイバーを捜した。計画に参加してもらうには、あの町にゆかりのある人物がいい、と思ったのだ。あの町で大切な人を失っているなら、喪失の悲しみについて、しぜんと話し合えるだろう。あとは会ってみての感触で、信じられると思ったら、計画を打ち明けようと考えた。

五人の漁師と会えた。誰もが「いい人」だった。「いい人」だからこそ、珠井は計画を話しづらく感じた。健康を損なう心配があり、犯罪となるおそれもある。

珠井のその言葉は、さすがに文平には聞かせづらい、と舟作は思った。珠井もだろう、やや顔を紅くして、「すみません」と謝った。

彼は、五人目の漁師の紹介で、文平と会った。高級な清酒を手土産に、彼の家を訪ねた。あの町で失われた人々のことを世に残すため、懇意にしていた方の証言を集めていますと、嘘の用件を告げ、談話を書き取るためのノートを開いた。

文平は、話さなくはねえけど、わざわざ時間をとって話すとなると……と、面倒くさそうな表情をした。珠井が黙っていると、文平はひび割れた皮膚のあいだに油がしみ込んだ指で、生え際が後退した額を掻き、いくらか出してくれるの、と訊いた。話してもらったあとには謝礼金を渡していたが、事前に相手から要求されたのは初めてだった。

「それでかえって、この人なら、と思ったのです。文平さんの言葉は、こちらの方針を明確にしてくれました。同情や好意で動いてもらえば、相手方の感情や私的な事情で計画が左右され、ときには中止となることを受け入れねばならなくなるでしょう。こちらの甘えは、相手方の甘えとなり、結果的に事故を招いたり、秘密が漏れて多くの人に迷惑がかかったりする危険性が大きくなる。お金のやり取りというビジネスに徹することが、計画を守り、実際に船を出して潜ってくださる方たちも守ることになる、と思ったのです」

珠井は、文平に、いくら欲しいかと率直に訊いた。文平は、一本指を出した。千円じゃねえよ、と彼が言ったのに対して、珠井は三万円を提示した。それに対する文平の態度の大きな変化で、彼が金を求めていることも察した。

計画をビジネスライクに進める、そのためにはまとまった金が必要だった。

珠井は、大学二年生になっていた息子に、海に潜って、彼の母と妹の身につけていたものを持ち帰る計画を打ち明けた。遺骨も持って帰るの、と息子は言った。時間の経過とともに、息子なりに、二人の死を受け入れているようだった。お骨《こつ》は見つかれば、持って帰ってもらおうと思っているが、二人のものかどうかは検査をしないとわからない、と答えた。息子は、可能性があるならそれでもいい、と賛成した。ついては、まとまった金を用意する必要がある。だが貯えはあまりない。だから、お母さんの生命保険金をあてたいと考えているが、どう思うか、と息子に相談した。

今回の震災の被害者の場合、特別の書類を提出すれば、遺体はなくとも死亡が公的に認められる。珠井はこれまで書類を提出していなかった。

　息子は、一晩考えさせてくれと言い、翌朝、二人の死亡届を出すことを了解した。それを機に、二人の葬式を出した。この葬式は本当のものじゃないから、おれは泣かないよ、と言っていた息子が、式の途中から大声を上げて泣いた。珠井も泣いた。葬式に参列してくれた親戚や身近な友人たちから、自分たちもようやくほっとした、という話を聞いて、罪悪感がいくらか薄らぐ想いがした。

「そのあと、文平さんを訪ね、計画を受けてくれなくても、秘密を守っていただく御礼です、と、五万円の入った封筒を差し出しました」

　文平は、計画をすべて聞いても、驚いた顔をしなかった。彼のことを珠井に紹介した漁師を通じて、珠井の同級生だった漁師と話し、何を考えているか聞き出していたらしい。

　まさか本気でそんな話を進めているとは思わなかったが、と文平は顔をしかめながらも、船を出すのも大変だし、潜るのも大変だ、いくら出す、と尋ねた。

「この十倍、つまり五十万、お一人ずつ。そう切り出しました。一回潜って、妻や娘にゆかりの品が見つかるとは思っていません。息子と相談して、ともかく十回は潜ってもらおう、と考えました。すなわち一千万。一千万を妻と娘のために用意する肚《はら》づもりでした」

　文平は、金の高い低いは口にせず、そんな危険な潜りを頼めるだけの人間は、おれの知る限り一人しかいない。そいつに当たって、だめなら、あきらめろ、と答えた。

「文平さんが、瀬奈さんに話を持ちかけているあいだ、わたしは、計画が本格化しそうになるにつれ、あらためて不安になってきました。こんなことをしていいのか。法律面より、道義的に、倫理的によいことなのかと。いや、悪いことだとしても、やるべきなのかと。あの町に暮らしていた両親を亡くした同郷の親友に、黙っていられず、計画を打ち明けました。怒られるかと案じましたが、親友は、自分も乗せろ、さらには、もっと多くの人間が計画に乗りたいはずだ、と言ったのです。何かしらの品物が海底から持ち帰られたとして、それがおまえの妻子のものとは限らない、もしかしたらおれの親父とお袋のものかもしれない。なのに、おまえの妻子のものでなかったら捨てるのか。その品物の持ち主の家族にしてみれば、まさに宝物だ、いくら金を出しても、という人間は少なくないはずだ。そう言って親友は、計画を広げることを求めたのです」

だが、誰に声をかけるのか、話し合ううち、簡単ではないことがわかってきた。あの町で暮らしていた家族や、かけがえのない人の安否がいまも不明で、その人につながる品物を、遺骨も含め、海から持ち帰ってきてもらうことを望み、それに対して多額の金銭を支払えること。秘密を決して洩らさないこと。珠井たちを信じ、決まり事に従えること。そうした条件に合う人物である上に、最も難しく思われたのが、多額の負担金を支払っても、希望している品物が見つからない可能性を受け入れねばならない、ということだった。

たとえ十回潜ってもらっても、望みの品が見つかるとは限らない。むしろ見つからない可能性のほうが高い。それでも負担金を支払えるかどうか。いわば、ほかの家族の品物が持ち帰られることに対して、多額の負担金を共有できる人。そうした人が集まらなければ、計画を広げても意味はない。また、計画を進めていく途中で不満の声が上がって、秘密が社会的に洩らされれば、逮捕者が出るかもしれず、計画そのものが破綻する。

珠井たちは、まず二人、信用できる人間に声をかけた。ともに賛同し、条件はすべて呑むと答えた。さらには二人それぞれが、別に仲間に加えたい人がいる、と言った。珠井は危惧を抱いた。実際にどんな結果になるかまだわからないし、秘密保持の限界もある。珠井の親友が、便宜上、計画の賛同者を「会員」と呼び、入会のハードルを高くすることで、意志が強く、秘密を守れる人が集まるだろうと言った。

話し合いの結果、一回の潜水に対し、負担金は十万円。一人で負担するより楽になった分、潜ってもらう回数をひとまず十五回に増やして、都合百五十万円の会費を前払いし、秘密を絶対に守れる人を求め、珠井と彼の親友を含めて十人を定員と決めた。このハードルを越すのは容易ではない、と珠井は思っていた。予想に反し、ぜひに、という人が紹介によって増えつづけ、ぎりぎり抑えて珠井たちを外して十人、計十二人となった。

いま舟作たちがおこなっている仕事の段取りや、細かい約束事は、珠井とその親友たちが練り上げた計画に、舟作と文平が修正を加え、さらに実際に二人が海に出て、潜ってみた上で、固めていったものだ。ただ初めから決まっていた約束事の一つは、珠井の強い意向で一度も変更されることはなかった。

「これは本来わたしだけの考えでしたが、会員の方にご賛同いただいています。この際、正直に申します。会員の方のなかには、当初異論がありました。そういう約束事があるならやめる、という方もいました。けれど、話し合いの末、その方もいまは納得しておられます。約束事とは、現金や貴金属類や有価証券、及び、それらが入っている可能性が高い財布や金庫などは採集しない、ということです。もし見つけても、ダイバーの方には置いてきていただく。会員のなかには、奥さんの真珠の首飾りや、息子さんの入学記念の腕時計をぜひ、という方がおいででした。けれど、真の所有者が誰か、確証が持てないものは疑惑の種になりかねません。会員同士で喧嘩にでもなれば問題ですし、のちに会員以外の方から、あの宝石は自分の家族の物なのにどうして彼が持っているのか、という争いが生じたら、それこそ盗難事件に発展しかねません。万が一、この行為が露顕《ろけん》したときは、やむにやまれぬ想いから発した行為であったのだと、我々自身の身の証を立てたいし、実際に海に出る方々にも胸を張ってもらいたいのです。財布には身分を証明するものが入っている可能性があります。金庫には個人的な証書が入っているかもしれません。言いだせばキリがない。このことに関しては、会員の方にあきらめていただきました。そして、ダイバーと船乗りの方との交渉は、わたし一人でおこなうことにしました。できればこういうものを持ち帰ってほしい、という願いは、皆さんおありです。でも一人一人のリクエストをダイバーの方にきいてもらうのは無理です。ただし、写真などに撮られた家屋や車が、会員の方のものであると判明した場合、その辺りをもう一度捜してほしいというリクエストは許されるでしょう。ただしこれも個別に交渉すると、その方だけを特別扱いすることになります。わたしがすべての交渉事の窓口となり、ダイバーの方に取り次ぐことにしました。以上が、計画の概要です」

実践者に対するこまやかな気づかいも感じられる計画は、珠井たちの真摯さと覚悟のほどを、舟作に伝えた。

珠井は、その場で、汚染地域に潜るダイバーの内臓器官を放射線から防護する目的で開発されたインナーベストを、先日アメリカから取り寄せました、と舟作の前に広げた。

「引き受けていただけますか」

舟作が、経歴やダイビングの技術などまだ何も話していないのに、珠井は言った。

自分のことを知らなくてもいいのか、と舟作が尋ね返すと、珠井は初めて表情をゆるめた。

「文平さんはお金を大切にされています。無駄になる人を推薦はしないでしょう。お人柄だけを拝見させていただきたかった。あなたは、言葉をはさまず、すべて黙って聞いてくださいました。わたしの立場を理解してくださってるからでしょう。ぜひ、お願いします」

舟作は、敬意の念から頭を垂れ、やってみます、と答えた。


珠井はいつもの部屋で待っていた。

舟作は、持ち帰った品物を入れたケースを、彼の前で開いた。今回は返品はなかった。品物を採集したときの話をし、写真を一緒に見ながら状況を説明する。文平から頼まれていた報酬の値上げは、言い出せなかった。

スケジュールの話になった。天気さえよければ来週も潜れる可能性があるが、南の海で台風発生の情報がある。一週間後がちょうどあの海に近づく頃で、もしかしたら難しいかもしれない。延期の場合は、ほぼ一ヵ月後の、満月の夜になる。海は明るいが、大潮なので、いつも以上に干満の変化に注意を払わねばならない。

「では、詳しいスケジュールは、また電話で」

と、珠井が言う。

実際に潜るかどうかは、一週間前、三日前、前日、そして当日、珠井のほうから公衆電話を用いて、舟作の携帯に問い合わせが入る。海に出る直前と、潜った直後には、珠井から事前に指定のあった番号に、舟作が連絡する。万が一、警察沙汰になったときに、互いの関係が知られないようにとの配慮だった。

「あ、瀬奈さん。一応の確認なのですが」

部屋を出ようとしていた舟作を、珠井が呼び止めた。

「前回お願いしたティアラ、間違いなく海に返していただけたでしょうか」

舟作はまばたきを短く繰り返し、「ええ」とだけ答えた。

「ご苦労様でした。ついては、当初は予定になかった返品の行為ですし、文平さんには別にボートを出していただいていますから、御礼をお支払いすべきだと思いました」

珠井が、内ポケットから封筒を出す。厚くはないので、五万円程度かと想像する。

「返品があった場合のものです。お受け取りください」

舟作は一礼して受け取った。文平にもこれで顔が立つと思うと、やはりありがたい。

「一つ、ご意見をうかがってもいいですか」

珠井が言う。舟作を見る目が、不安げに揺れている。

「瀬奈さんにしか、うかがえないことなものですから」

「何でしょうか」

「本当によいのかどうか、迷うときがあるのです。つまり……ネックレスや指輪、ちょっとしたブローチやイヤリングくらいは、許されるのじゃないかと」

そのことかと、舟作は相手に気取られないよう吐息をついた。

「このあいだ持ち帰ってきてくださった腕時計など、壊れて、針もありませんでした。なのに戻していただいた。指輪も、ティアラも、百円ショップで売っている類のものです。何をムキになっているのか。たかがおもちゃに臆病になって、瀬奈さんたちの好意を無駄にすることを求めている。わたしは間違ってるんじゃないか……いつもそれで悩みます。どう、思われますか」

珠井の孤独が感じられた。問題が生じたとき、この人は独りで背負い込むだろう。つらくても、責任を決して周囲に広げまいと、自分のうちですべてをとどめようとするに違いない。計画に参加している人を守るために、いろいろな決め事で計画を縛り、自分を縛っている。そんな人を誰が責められるだろう。

「いえ……あなたは、正しいです」

舟作は答えた。すぐにおこがましく感じられ、首を横に振った。

「何が正しいのか、間違ってるのか、誰も本当には判断できないでしょう。ただ、おれは、珠井さんの考えに、賛成します。おもちゃ、返して、正解だと思います」

珠井の表情がやわらぐ。固くなっていた肩や背中から力が抜ける。

「瀬奈さんにそう言っていただいて、何より安堵しました。ありがとうございます」

舟作は恐縮し、会釈をして、そのまま行こうとした。

「あ、瀬奈さん。あとですね……お耳に、一応」

珠井が、彼には似合わない恥ずかしそうな表情で切り出す。

「事前に話し合った通り、瀬奈さんたちと、我々の側のコンタクトは、この部屋での、わたしと瀬奈さんとのあいだに限る、ということに変更はありません。それだけもう一度、頭に入れておいていただけますか」

「あ……はい」

わざわざ何の確認か、腑に落ちなかったが、舟作はうなずいた。

珠井をいぶかしむ想いは、エレベーターに乗ったときには忘れた。ラウンジにあの女がまだいるだろうか、という考えに、しぜんと緊張をおぼえたせいだ。

顔だちも髪形もスタイルもファッションも、漁師町育ちの自分には不似合いで、大都会の青山だか銀座だか、舟作にはその区別もつかないが、地名を聞くだけで尻込みしたくなるような場所でこそ釣り合いのとれる女に、じっと見つめられること自体、なんとなく恐ろしい。

しかも、あの海に潜ったあとで、欲望が熱くたぎっているときに、あのような女に目の前に立たれては、自分を抑えることがつらく感じる。

どうかいないでくれ、と願いながら、エレベーターを降りる。

女の姿はなかった。ほっとする、と同時に、失望もおぼえる。

ともかく逃げるように前屈みになって、玄関から外へ出た。駐車場へ小走りに進み、小型トラックの運転席に乗り込む。大きく息をつき、エンジンをかけた。満恵のからだが思い出される。文平に金を渡して早く帰ろうと、アクセルを踏んだ。

車の前に、女が飛び出した。

3

慌ててブレーキペダルを踏み込む。タイヤの軋る音が車内に響き、ハンドルに胸をぶつけそうになって、シートベルトに引き戻された。

女が無事だったか、顔を起こして確かめる。

助手席の窓が鳴った。女が指先でせわしく叩いている。切迫した様子で、細い眉が吊り上がっている。考える暇もなく、助手席側のドアのロックを外した。

ドアが開かれ、女は舟作を見ずに、車に乗り込んできた。ワンピースの裾がかすかに舞い、形のよいふくらはぎが舟作の視線の先を、敏捷《びんしょう》な鳥の影のようによぎる。

「出して」

見た目で想像していたよりも低く、かすれた声だった。

均整のとれたしなやかなからだが手の届く場所に置かれ、甘い香りが鼻先に漂う。めまいに似た、思考の麻痺に陥りそうになる。

「早く出して」

苛立ちに声を高くして、女が運転席を振り向いた。皺の幅が広い二重瞼の下の、涙を流したあとのような瞳が舟作を見つめる。

中心の白い光が、深い海底から見上げたときの海面の一点で揺らぐ陽光を思わせる。美しい、と性的な感覚とは関わりなく思った。だがすぐに、目の前の対象を自分のものにできたらと、胸の奥から欲望が突き上げてくる。

女の険しくとがった表情が、泣きだしそうに崩れ、

「お願い……」

と、すがるような声を発した。彼だけでなく彼女自身もまた、自分の発した声音に当惑した様子で、すぐに顔を前方にやり、

「お願いします、早く……」

と、柔らかく求めた。

舟作はなお混乱しながらも、じっとしているのも不自然で、ともかく車を動かした。ホテルの駐車場を出て、右に行くか左に行くか迷ったものの、女は歩行者に顔を見られまいとする様子で、からだを窓側にひねって顔を伏せている。とりあえず自分が向かう左側へハンドルを切る。しばらく直進し、大通りに出る交差点で信号待ちをしたとき、

「どっちへ行きます」

舟作は初めて相手に声をかけた。見ず知らずの女に勝手に乗り込まれて、怒りもせずに間抜けていると、言ったあとで気がついた。

だが、女を見た瞬間、からだをひねったまま顔を隠そうとして肘も上げているため、くびれた腰から盛り上がった胸へとつづく曲線が、煽情的《せんじょう》に目を打った。腰から太ももへの流れも、その太ものあいだの窪みも、服の上からでもはっきりと浮かび上がっていて、目も声も奪われる。

後ろからクラクションを浴びた。信号が青に変わっている。自分がいつも向かうほうへハンドルを切る。大通りの車の流れに乗って、出てきたホテルのあった地区から遠ざかったところで、女がからだをまっすぐに戻した。

「すみません」

女が素直に、しかし弱々しくはなく謝る。顔は向けず、首を少し舟作側に傾けて言った。

「二人でお話のできるところへ行っていただけませんか」

何が目的なのか、そもそもこの女は何者か。当たり前の疑問を抱く前に、二人で、という言葉

に、あらゆる言動を性的な感覚に結びつけてとらえる癖のあった少年時代に戻ったように、うろたえ、胸が高鳴り、うまく返事ができない。

「どこか、ご存じないですか、二人だけになれるところを」

女の声の調子は穏やかで、冷たくさえ聞こえる。にもかかわらず、かえってそれが女を抱いたときに乱れる声への想像と期待を膨らませ、落ち着かなくなる。

「あそこはどうでしょう、交差点を渡ったあの先」

女が肩をこちらへ近づけて促す姿勢を取り、右手を使おうとして、彼の肩にふれて運転の邪魔になる可能性を考えたのか、左手に変えて、右斜めの方向を指差す。

舟作の小型トラックは、オフィスや商業ビルが並んだ繁華な中心街から遠ざかる方向へ走り、交差点は最も賑やかな一等地の終わりを示している。交差点を渡った先は、次第に寂《さび》れてくる地区の始まりとなるが、彼女が何を指示しているのか、よくわからず、左手の指に目を止めた。

彼女の肢体をあらわしているような、ほっそりとして、よくしなりそうな指である。だが目はすぐに、彼女の薬指にはめられた指輪に引き寄せられた。

薬指の第二関節の下にからみつくように、樹木だか蔓《つる》だかの植物的な形が見られ、その下に人の形のようなものも見られる。長くよそ見もできない。顔を前方の交差点に戻したところで、

「あのホテルにしましょう。入っていただけますか」

女が言って、左手を引いた。

交差点を渡った右斜めのところに、先ほど出てきたホテルよりも、かなりランクの下がった、ビジネスホテルとカプセルホテルの中間程度の、外装もすすけた、縦に細長いホテルが見える。

部屋は予約なしで取れそうで、中小企業のビジネスマンが出張に使うほかに、オフィス街に通う男女がつかのまのラブホテル代わりに用いそうな印象だった。

本当によいのか。舟作は相手を短く振り向いた。彼女はホテルのある方向に目を定めて、緊張の様子もない。駐車場は、ホテルの脇の細い通路から地下へ下りていく造りらしい。舟作は、相手の意向をいちいち量ろうとする自分が腹立たしくなり、知ったことか、と胸のうちでつぶやき、交差点を右折して、ホテルの前で逆にハンドルを切り、地下駐車場に進んだ。

駐車場は狭く、八台しか駐まれなかったが、五台分が空いていた。電灯は暗く、妙なまがまがしさが漂っている。適当な場所に車を止め、シートに背中を預ける。それまでの感情の重なりと、場所の雰囲気にそそのかされて、すさんだ心の状態で相手を見る。

女も、あるいはこの場所が持つ暗い誘引力を敏感にさとったのか、ドアを素早く開けると、車を下りて、外から舟作を見た。

「こうしたホテルの喫茶室って、日中は人がいないことが多いと思うんです」

いくらか経験がある口ぶりで言い、ドアを閉め、駐車場の出口へ歩きだす。

こちらがついていくのが当然であるかのような振る舞いに、舟作は憤り以上に、女の正体への疑問をより強くした。

「まったく何様のつもりだ」

と、ほとんど自分への言い訳のために吐き捨て、車を下りて、彼女を追った。

地上に出て、道路の左右を見る。秋とはいえまだ強い日差しの下、数人の会社勤めらしい男女が歩いているだけで、女の姿はない。彼はホテルに向き直り、短い階段を上って、自動ドアからなかに入った。外に比べてかなり暗く感じるロビーを奥へ進む。左側が、パーテーションと観葉植物を組み合わせて隔てられた喫茶室となっており、もう少し先に設けられたフロントの手前に、喫茶室への入口があった。

　初老のフロントマンが、カウンターの向こう側から舟作を見つめ、その格好から、客なのかどうか躊躇してだろう、挨拶を控えているらしい心持ちが伝わる。

　舟作は黙って喫茶室へ進んだ。待合ロビーの代わりに設けたらしい喫茶室は、テーブル席が六つ、入口付近に置かれた新聞掛けに地元紙やスポーツ紙など四紙の新聞が掛けられ、壁にはご当地ソングを歌う演歌歌手のポスターと、地元の秋祭りを告知するチラシが貼られている。

　奥の窓際のテーブル席に、女が座っていた。彼女の言ったとおり、朝でも昼でもないこの時間、客はほかにいなかった。

「いらっしゃいませ」

　背後から、愛想のいい声がする。紺色のくたびれた制服を着た小太りの中年女性が、トレーに水の入ったコップを二つ載せ、舟作が席へ進むのを、にこやかに待っている。

　押し出されるようにして、女の待つ席に進み、彼が座るより先に、ホテルの女性従業員がコップをテーブルに向かい合わせで置いたため、しぜんの成り行きで、女の向かい側の固そうな椅子に腰を下ろした。

「ご注文がお決まりの頃、またお伺いしましょうかねぇ」

　女性従業員が親しげな口調で言う。選択に困るほどメニューはないのだがと、言外に匂わせている。舟作は、テーブルの上に置かれたメニュー表に目を走らせた。コーヒー、紅茶、ジュース、あとはビールがあり、早朝にのみトーストが供されるようだ。

「わたしはアイスコーヒーで」

と、目の前の女が言い、舟作を正面から見る。先に頼めと言われている気がして、

「同じで……」

舟作はつぶやくように告げた。

かしこまりました、と相手が答え、フロントのほうに去っていく。フロントの裏側に調理場があるらしい。

「突然このような真似をして、申し訳ありませんでした」

女があらたまって背筋を伸ばし、揃えた膝の上に両手を置いて、丁寧に頭を下げた。

長い髪が、シルクだろう上質なワンピースの上を、音を立てて流れてゆく。お茶か生け花の習い事でもしているのか、線がまっすぐ通った姿勢が美しい。

こんな女と向き合って話すことなど、人生で一度もなかったと思い、漁港でこそ似合う自分の格好に、居心地の悪さがつのる。彼女が顔を起こして、髪を直したとき、涙の滴の形に似たイヤリングが目についた。指輪に似た独創的なデザインで、涙の滴のなかに樹木らしきものと小鳥のような生き物が、彫刻か溶接の細工かで、作り込まれていた。

「わたくし、まべ、とうこ、と申します」

女がはっきりした口跡で述べ、ひびが四方に入ったプラスチック製のテーブルの上に、ベージュ色の名刺を置いた。

舟作は不作法を承知で、何も言わずに名刺を手に取った。

『眞部透子』という名前の脇に、『アクセサリー・デザイナー』という肩書がある。指輪とイヤリングも彼女自身のデザインかもしれない。名刺の裏には、事務所のものらしい電話番号とメールアドレスが印刷されている。透子……と、舟作は口のなかで呼んでみる。

「どうか、名刺の扱いにはご注意ください」

透子が言った。車のなかより落ち着いたせいかどうか、先より声は高く、細くなっている。

舟作は、何のことかと彼女を見た。

「つまり、タマイさんに名刺を見つからないようにしていただきたいのです。わたくし、会員です。例の、海底から品物を採集して、持ち帰っていただく会の」

「ああ……」

胸を突かれる想いがした。同時に、女の行動のほとんどに合点がいく気がした。

お待ち遠さまでした、とホテルの女性従業員がアイスコーヒーを運んでくる。冷蔵庫に入れてあったパックから、直接グラスに注いできたことを思わせる早さだった。

彼女が去ったあと、透子は待ちわびたように、舟作のほうに身を傾けた。

「お隠しにならないでください。わたしなりに慎重に確認させていただいたのです。以前もあのホテルでお見かけしました。今日と同じで、小型トラックで来られ、漁師をなさっているのだろうお姿で、小型のスーツケースを手に、ホテルに入られました。さげて入られたケースは、お帰りのときは持っておられませんでした。今日もそうです」

彼女はそこまで語ると、言葉を切って、舟作を見た。彼が驚きのあまり答えられずにいるのを、どう取ったのか、さらに言葉を継いだ。

「わたくしたち会員が、珠井さんの待たれている部屋で、海から上がった品物を確認する際には、テーブルの上に黒い布が敷かれ、品物はそれぞれ丁寧に、一つ一つ、あいだに広い間を置いて並べられています。会員には手袋が渡され、じっくり検分できるように、配慮されています。部屋の隅には、あなたがさげて入られたスーツケースと同じものが置かれていました。前回も、その前も、その前も。きっと今日も置かれているでしょう」

「……どうして」

と、何を尋ねたいのか、自分でも意識しないまま、口から言葉が洩れた。

「お会いしたかったのです。お話ししたかったのです」

熱のこもった口調で彼女が言う。細い首を傾げて、

「間違いございませんね。あなたが、あの海に……あの町をさらった海に、潜ってくださっている方ですね。ダイバーの方ですね」

と確認を求めた。

いまさら隠しようもない。だが、珠井の許可なく正体を明かすことは、彼に対する裏切りに思えた。舟作は、彼女の目が見られず、テーブルに目を落として、尋ね返した。

「その珠井という人は、何とおっしゃってたんですか……あなたの言う、あの海とかに潜るその、ダイバーのことに関して」

視界の隅で、彼女の居住まいが微妙に変化する。前傾だった姿勢が戻り、

「珠井さんからは、ダイバーの方について、詳しいことは何も伝えられていません。ただベテランの、インストラクターの資格を持つ、非常に技術の優れた方だということ。そしてご自身も、

ご家族を、別の場所でではあるけれど、亡くされているので、自分たちの気持ちを十二分に理解されているという説明を受けています。そのことは、見せていただいている写真や、珠井さんを通じて語られる、海のなかや、品物が埋まっていたときの状況、せっかく見つけながらも採集してこられなかった事情についての話を聞いても、伝わってまいります」

「珠井さんという方は、あなたが、そのダイバーと会うことを許されてるんですか？」

透子の言葉が途切れる。舟作は目を上げた。彼女は顔を伏せていた。だが気持ちを強く持ち直してか、顔を上げて、舟作から目をそらさずに、首を横に振った。

「実際に海に潜られるダイバーの方と、会員が直接連絡をとることは、固く禁じられています。万が一トラブルが生じた場合に、双方の身の保障のために、相手のことは知らないでいるほうがよい、というお話は、よく理解できます。また、会員それぞれが、希望する何かを探してほしいと、ダイバーの方に直接申し出るようになれば、それこそ過剰な負担をかけてしまう、ということも納得のゆく説明でした」

であれば、なぜ、と思う。透子は深くうなずいた。

「理解も納得もしていました。でも、海から採集されてくる品々を見る回数が重なるにつれ、ダイバーの方が目撃された海底の様子を聞くにつれ、気持ちが揺らぎ、そして、ある写真を拝見したとき、どうにもつのる感情を抑えがたくなりました。ですから、珠井さんにお願いしました。ダイバーの方に会わせてもらいたい、お話ししたいことがあるので、無理を承知でどうか、と。でも断られました。なので、あのホテルのラウンジで待っていました。あなたですね。あなたがダイバーの方ですね」

珠井がホテルの部屋で別れ際に言ったことが思い出された。透子が舟作に連絡をとろうとする可能性を考慮して、遠回しに注意したものだったのだろう。

彼女の言葉を否定することはもう難しい。彼女に対する興味や、話への好奇心もある。だが、すべての計画を立てた男の、費やした努力や心労を忘れることもできなかった。

「お答え、できません」

舟作は、透子の背後に、実直な中年男の姿を見据えて答えた。

透子が深くまばたいた。伸ばしていた背筋から力が抜け、椅子の背もたれに身を預ける。視線の先にアイスコーヒーがあったので、なんとなく、といった風情でストローを取り、アイスコーヒーを口にする。舟作も間が持たず、グラスを直接口に運んだ。

透子が顔を上げたのを感じ、彼も顔を起こした。意外にも、彼女は柔らかい笑みを浮かべていた。

「素敵な方ですね」

「え……」

「珠井さんが信頼されていらっしゃるのがわかります。もちろん、命を賭けて、他人のために、あの海に潜ってくださっている方なのですから、当たり前なのでしょうけれど……潜ってくださる方があなたでよかった、と、いま心から思っています」

照れるより、腹立たしくなる。おれはあんたに対して、卑しい妄想を抱いている男だ、買いかぶりはよしてくれ。自分はただ人を裏切りたくない、それだけだ、と思う。

「お名前だけでも、お聞かせくださいませんか」

「……瀬奈、舟作」

どう書くのか問われ、言い慣れた字を教えた。

「では瀬奈さん、わたくしは、ここで今日初めてお会いして、たまたま同席となった男性に、このようなお話をします。少しだけ聞いてください」

透子が、彼女自身も安心を得た声で言った。

彼女がテーブルの上に写真を差し出す。写っているのは、舟作があの海から以前採集して、珠井に返してくるように求められた、指輪のおもちゃだった。金色の台座に赤い宝石が付いているが、みなプラスチック製だ。海底の写真は、会員が申し出れば、どれもプリントアウトしてもらえることになっている。

「貴金属類は、持ち帰らない約束であることを承知して、会員となりました。でも実際にこの写真を見て、本当に貴金属類は見つけても、たとえ価値のないおもちゃであっても、持ち帰ってこないのだと理解して、胸がざわつきました」

彼女が左手を上げて、手の甲を舟作のほうに向け、見やすいようにだろう前に突き出す。薬指にはめた特別なデザインの指輪が、窓から差す柔らかい秋の光を受けて、ひときわ映える。

一・五センチほどの幅の指輪に、金属の繊細な造形によって描かれているのは、花の上に座る髪の長い人物と、その両側に伸びる樹木だった。樹木には蔓がからまっているように見える。

「わたしがデザインした結婚指輪です。そして、これが夫がはめているものです」

彼女が別の写真をテーブルに置いた。彼女がいま薬指にしているのと酷似した指輪が写っている。違うのは、人物の髪が短く、からだの向きが、透子の指のものとは反対であることだった。

夫婦の指輪にはそれぞれ男と女が描かれており、二つを並べれば、抱擁する形になるデザインなのだと、舟作なりに察した。

「夫とわたしは東京で暮らしていました。夫の実家が、あの流された町です。夫の父は、十五年ほど前に亡くなり、一人で暮らしていた夫の母が認知症を患って、町の福祉施設に入所していました。夫はおりおり見舞いに訪れていました。そして、四年半前のあの日も、見舞いのために帰省していました。波にさらわれたのか、以来連絡は絶え、いまも行方がわかりません。なので、わたしには願いがあります」

そこまで聞いて、舟作は理解した。つまり、夫の指輪を探してほしい、ということだろう。だが、それを叶えることは難しい。貴金属を持ち帰らない約束のこともあるが、あの広い海で、たったひとつの指輪を見つけ出すのは……。

「わたしの願いというのは、ダイバーの方に、この、夫がしていた指輪を、探さないでほしい、ということです」

耳を疑った。逆だろう、と、表情で彼女に訊き返す。

「探さないでください」

透子は、率直に彼を見つめて、繰り返した。

「たとえ、見つかったとしても、写真に撮らないでください。そのときの状況を話すこともしないでください。何も見つけなかったものとして、無視してほしいのです」

舟作には返事のしようもなかった。

透子は、自分への確認のように一つ大きくうなずいた。

「もちろん広い海で、指輪ひとつ、偶然でさえ見つかる可能性は限りなくゼロに近いでしょう。けれど、可能性がわずかでも高くなる場所を、ダイバーの方はご存じです」

……おれが。舟作は無意識にまばたきを重ねた。

透子が手もとのバッグを開く。黒革で、縁に銀色の蔦《つた》がからまるデザインがほどこされている。彼女は、バッグから新たな写真を出し、おもちゃの指輪の写真の上に重ねた。それは舟作も記憶している、ナンバープレートが読めないほど押しつぶされた外車と、老人福祉施設の名前がボディに入ったワンボックスカーの二台が、重なり合っているところを撮影したものだ。

「この乗用車は夫のものです。このような状態ですが、車種が同じです。そして、運転席のシートに縞模様が見えます」

彼女の指差す先を、舟作は見つめた。海底でフラッシュ撮影したので、画面上のノイズが多い。それでも、ドアの窓ガラスが失われて大きな穴となった場所から望める運転席に、通常の車のシートでは見られない縞の模様がある。

「わたしの縫ったシートカバーです。模様や縞の間隔などから、間違いないと言えます。そしてワンボックスカーの車体に見られる老人福祉施設の名前ですが、ここに夫の母は入所していました。施設の駐車場に置いてあったところを流されたのか、ともに車に乗って避難しているときに流されたのか……。この写真、覚えていらっしゃいますか」

舟作は、自分がダイバーだと明かすことになるのを忘れて、うなずいた。二台とも、車内は確認した。遺体らしきものは発見できなかった。シートカバーを持って帰ることは頭になかった、というか見過ごしていた。

「どちらの車内にも、何も残っていなかったというお話は、珠井さんから伺っています。なので、ダイバーの方にお願いがあるのは、この近くはもう探さないでほしいということです。指輪が見つかる可能性がわずかでも高くなる場所ですから」

「しかし、なぜ……」

と、問わずにはいられなかった。

「見つけてほしくないからです。それだけです」

透子は固い顔で言い切り、テーブルの上の写真をバッグのなかにしまった。伝票をつかんで、立ち上がり、

「お時間をとらせて失礼しました」

頭を下げ、憤然と見える態度でフロントに進み、初老のフロントマンと女性従業員それぞれに好奇な目で見られながら、支払いを済ませる。財布から金を出したとき、あ、と彼女の横顔に何かに気づいた色が表れ、釣り銭を受け取ると、舟作の前に戻ってきた。

「ここまで来ていただいたのに、何のお礼もせず、うかつでした。裸のままで大変失礼なのですが、封筒の用意がなくて、すみません。これを、お受け取りください」

と、恥ずかしそうに、テーブルに一万円札を置いた。

いや、と舟作が止める間もなく、彼女は背中を向けて、逃げるように去っていく。

舟作は慌てて立った。テーブルに膝をぶつけ、グラスを倒した。その始末のために、彼女を追うのが遅れ、やっとホテルの玄関から外へ出たときには、交差点の反対側でタクシーに乗り込む彼女の姿がわずかに見えたものの、タクシーはすぐに走り去った。

4

満恵を抱いたあと、彼女の上からごろりと転げ落ちるようにして、舟作はベッドに仰向けになった。

持て余していた力のすべてを出し切って、目も口も半開きの状態で、黒い染みのあるラブホテルの一室の天井を虚ろに見やる。片隅で動く一点に目が行った。ヤモリだ。

ホテルの裏手は潰れたスナックで、建物のあいだに雑草が繁っている。どこからか入り込んできたのだろう。トカゲの系統の生き物を見ると、子どもの頃から、こいつらは恐竜時代からほとんど姿を変えずに生き延びてきたんだ、と思う。

連想的に化石のことや、故郷がまた海の下に沈むことだってありうるぞ、と語った兄のことが思い出された。たとえ世界が水の下に沈んで人間がすべて滅んでも、こいつらはきっと生き延びてゆくんだろう、と、天井にへばりついたヤモリを見つめる。

あの粘つくような目で、おれたちの営みを見てやがったのか……。

何かぶつけてやりたくなる。枕では大きい。伸ばした手に、コンドームの外装が触れる。満恵はまだ十分に子どもを産めるだろうから避妊をしている。いまの収入で三人は難しい。だが避妊の理由はそれだけではない。

あの海に潜ったあとだから、という気後れがあった。表面汚染検査計で計って問題がないことはわかっているものの、妻にまで何かあったら、と根拠のない不安に駆られ、つい慎重になる。

コンドームの外装を丸め、ヤモリに投げた。天井までも届かずに、床に落ちる。

「どうした？」

満恵の声がした。声にまだ荒い息づかいの余韻がある。

「いや……」と、言葉を濁す。

「パパ……今日、何かあった」

満恵の声音に変化はないが、舟作はぐいと刺されたような熱を腹部に感じた。

「……なんで」

声に動揺が表れないよう注意して答える。

「なんだか、いつもよりちょっと、怖いような感じがあったから……」

「怖い……何が？」

満恵が答えかけて、首をひねる。はっきり言葉にしてしまうと、自分と夫それぞれを傷つけかねない言葉を洩らすのではないか、と恐れているかに見える。

たとえば、舟作がほかの女を相手にしているような気がした、それも荒く犯すように抱いていると感じた、というような言葉で……。

もちろん妻がそのようなことをあからさまに語ることはないと思いながらも、舟作は返事を恐れる。言われれば、むろん否定するが、声が平静でいられる自信はない。

実際に、満恵の上に、透子の姿を重ねる時間があった。妻への罪悪感を抱きながらも、透子の乳房や脚や腰への想像を抑えられなかった。舟作、舟作、と妻が呼ぶにいたって、ようやく幻の女は消え、その極みに妻を相手にすべてを解き放ったのだから、許せ、と勝手に思いはするが、途中の罪が消えたわけではないとも思う。

「ちょっと波が荒れたからな、今日は」

舟作は嘘に逃げた。

「大丈夫だったの？」

満恵は無垢に信じてか……あるいは、嘘を承知で彼の言葉に乗ってくる。

「問題はない。ほんの少しのことだし、慣れてる」

「……無理しないでね」

妻の手が伸びて、舟作の手を握る。指のあいだに指を入れ、からめてくる。

満恵には、あの海に潜ることを正直に話していた。文平の漁の手伝いをする、と答えておこうかと当初は考えていた。だが、黙っているのは、夫婦として、子どもに対する責任を一緒に負う者として、フェアではないと思った。また、あの海に向き合う前提として、嘘を持ちたくなかった。彼女に話して、決心を固めたかった面もある。

満恵は、あの海に潜る話を聞いて、当然のように心配した。不安も口にした。だが舟作がすでに潜る気持ちに傾いていることも理解していた。

わたしが止めたら、やめてくれるの？　と満恵は尋ねた。どうしても嫌ならやめる、と答えた。本心ではありながら、結局は嘘になるだろうという予感があった。自分はきっと潜らずにはいられないはずだ、と感じていた。

満恵もそれを察したのだろう、条件が一つある、と言った。絶対生きて帰って。危ないと思うときがあったら、水希と暁生のことを思い出して、引き返して。

海の怖さは知っている。自分が強い人間ではない自覚もあった。約束する、と舟作は答えた。同時に、満恵と付き合うことになったときの、彼女の言葉を思い出した。

満恵の前に二年付き合い、結婚まで考えていた女性にとって、海はあくまで趣味の場所だった。珊瑚礁の海で、美しい魚やイルカと泳ぐことを求めていた。舟作とも海外のダイビングスポットで知り合った。一方、舟作にとって、海は最終的には仕事の場だった。海は美しいばかりでなく、不穏であり、恐ろしい。嵐や高波で命を奪われそうになった経験も何度かある。相手は、そんな男を夫に持つ自信はないと、別れを切り出した。

満恵は、ダイビングはほとんど初心者だったが、海の怖さを肉体で理解していた。祖父が漁師で、伯父がやはり漁師である門屋の父だった。彼女の母が内陸の街に働きに出て、彼女の父親となる会社員と結婚したため、彼女の家は海とは縁が切れたものの、母親と実家に戻った際など、漁師の日常や、海の暮らしにふれることがあったという。

荒れた海は怒った神様のようで恐ろしいけれど、嫌いと思ったことはない、好き嫌いでなく、存在しているものだから、と彼女は語った。

舟作が漁での恐怖を語り、いつか死ぬかもしれないねと笑うと、満恵は冗談として受け取らず、真剣な顔で、舟作さんは死にません、と言った。どうして、と問うと、海に愛されている人だという気がするから、と答えた。舟作は苦笑し、自然に感情なんて関係ない、死ぬときは死ぬ、と言い返した。すると彼女は涙をこぼし、舟作さんは海では死なないんです、と言い張った。まだ門屋から紹介されたばかりの、手ひとつ握っていない相手に懸命な調子で言われて戸惑った。そのくせ、こいつがそばにいれば本当に海では死なずにすむかもしれない、という直感が波のように心に寄せた。その場で、付き合ってくれと告げ、うなずいた相手の顔を起こし、唇を吸った。

「パパ、ねえ、パパ」

満恵の声が遠くから聞こえ、目を開く。いつのまにか、うたた寝をしていたらしい。

妻は半身を起こして、こちらに裸の背中を向け、バスローブを羽織るところだった。

「パパ……聞いてる?」

彼女がこちらを振り返る。頬が涙で濡れていた。だが表情は怒っている。

「どうした……」

尋ねる声が、喉にからむ。

満恵は、すすり上げるように息をつき、下唇を噛んで涙をこらえ、

「パパ……わたしは、神様、いると思ってるからね」

と唐突に言った。いや、彼女には決して唐突ではなく、長く心に懸けていながら機会がないまま内にため込んでいた念《おも》いを、いま意を決して、口にしているのかもしれない。

「パパが、どう思っているかは知ってるけど、わたしには神様はいるの。お義兄《にい》さんには申し訳ないけど、お義兄さんでなかったら、パパが死んでたかもしれないんだから。もしパパが、腰を痛めて家で休んでなかったら、水希と暁生は、流されてしまった保育園にいたか、一緒に船の近くにいたかもしれないんだから。皆さんには、すみません、本当にごめんなさい、だけど……」

満恵は、顔をそむけて、涙を押さえ込むように深い息づかいを繰り返した。

「わたしは、毎日、三人の寝顔を見ては、ありがとうございます、ありがとうございますって、上のほうに向かって、お礼を言ってるの。水希と暁生が、パパの背中に乗っかってるのを見ては、

ありがとうございます……三人のごはんを作りながら、ありがとうございます。おトイレを掃除してても、こみ上げてくるものがある。ありがとうございます、ありがとうございます……って、わたしは毎日、毎朝、毎晩、お礼を言ってるの」

彼女は立ち上がって、小走りに化粧室へ去った。

舟作は顔を天井に戻した。ヤモリはいつのまにか消えていた。


姪の麻由子が、下唇を突き出し、鼻の穴を広げた滑稽な顔を作り、身を屈めたがに股で、右に左に、ホホ、ホホ、と小さく吠えて行き来する。

水希と暁生は、そんな彼女を間近に見て、涙を流さんばかりに笑い転げている。

麻由子が舟作のところへ来て、もう六日になる。

金曜の夜に来て、土日をはさみ、月火水と、大学の下見だけなら終わっているのではないか。高校も休みの時期ではないはずだが、それについては特別に許可をもらってきた、と麻由子は話した。だが、明日明後日に帰る様子もなく、いつ帰るつもりなのかも話さない。

麻由子の母の詩穂《しほ》からは、よろしくお願いします、と、麻由子が来た金曜の夜に、電話が一本あったきりだ。娘が本当に舟作のところへ行ったのかどうかを確認するために掛けてきたようだ。

舟作の兄と両親は、死んだとしても、麻由子には血のつながりのある父であり祖父母であるが、離婚した詩穂にはすでに他人だ。去年三月の法事で会って以来だから、どうしても言葉づかいが他人行儀になるのは仕方がない。ただ、電話口での詩穂の「麻由子なりに、お宅でお世話になって、頭を冷やして考えたいこともあると思うので」と言ったときの、負い目を感じているような、それでいて恨み言も内に含んでいそうな、複雑な声音と言い回しから、舟作の家も多少は関係があるのかもしれない理由で、親娘《おやこ》が喧嘩をしたらしいことが感じられた。

「はーい、チンパンジーはこんな感じでいいよねー」

麻由子が滑稽な素振りをやめ、本来の愛らしい顔に戻る。

夕食後、水希と暁生は、土曜日以降ずっと同じゲームに麻由子を誘っていた。子ども雑誌の付録だった双六《すごろく》で、舟作も何度か強く求められて参加したことがあるが、サイコロを振って、進んだ先の枠内に、いろいろな指示がある。ゴリラやヘビなど動物の真似をすることや、歌を歌うこと、右隣の者をつねったり、左隣の者からくすぐられたり。駒を進めてゴールに早くたどり着くより、それぞれの指示を楽しむゲームは、サイコロが振られるたびに笑いが起こり、ことに子ども同士では騒がしい。

十八歳の麻由子には、心から楽しめる遊びではないだろうが、水希と暁生の相手となって、真剣に動物の真似をしたり、調子外れの歌を歌ったりしている。胸もとまで黒いつやのある髪を伸ばし、愛嬌のある大きい目と丸顔は父親似で、細い鼻と頬から唇にかけての柔らかい造りは母親を思わせる。全体には童顔で、年下のいとこと遊んでいる姿に違和感は少なく、来年高校に上がると言われたほうが、しっくりきそうだ。

とはいえ、彼女に限らずいまの子は総じて幼く見え、舟作のところへダイビング講習を受けにくる大学生も、ほとんどが高校生にしか見えない。門屋に話すと、そりゃたぶん幼稚な大人社会の反映だろうと、唇を歪めて笑った。

食卓の上に置かれたキッチン用のタイマーが鳴った。

「はーい、おしまーい。約束の時間だよー」

麻由子が両手を上げて、遊びの時間が終わりにきたことを告げる。

水希と暁生が、えー、なんでー、と不満の声を返す。

「えー、じゃないの。おねえちゃんにいっぱい遊んでもらって、ありがとう、でしょ」

満恵が子どもたちに注意した。もう九時よ、歯を磨いて寝なさい、と厳しい声で促す。

麻由子が率先して片付けをし、歯を磨きに立つので、彼女になついた二人は家来のようにあとに従い、気に入ってもらえるように、先を競って寝る準備をする。

舟作の暮らすアパートの部屋は、台所が三畳と、四畳半と六畳の居間、トイレと小さい風呂があるきりだ。横並びの二つの居間は、狭苦しくなるので仕切らず、襖を開け放して一つの空間として使っている。食事をするのも、食卓で子どもたちが勉強するのも、また食卓を片寄せて、四つの布団を並べて寝るのも同じ空間だった。六畳側で子どもたちが寝たあと、満恵が縫い物をしたり、舟作が新しいダイビング用品のカタログに目を通したりするのは、四畳半側の部屋でだった。そうしたときも、子どもたちの「さびしいから開けておいて」という願いに応えて、襖は閉めずにおく。

来客用の布団は特別に用意がないため、子どもたちがもっと幼かったときに使い、押入れの奥に残しておいた幼児用の布団を工夫して、五人並んで寝られるようにしていた。パジャマに着替えた三人の子どもは、歯を磨き、トイレを済ませて、おやすみなさーいと、麻由子を真ん中に、両側から水希と暁生がはさむようにして布団に入る。

「麻由子おねえちゃん、いつ、帰るの」

水希が不安そうに訊く。

「うーん、いつかなぁ」

麻由子が曖昧に答える。

「帰らないで」

と、水希が求め、不安で黙っていたらしい暁生がねだるように言う。

「そうだよ、ずっとここにいればいいよ」

「でも、ずっとだと迷惑でしょ」

「迷惑じゃないよ、ぜんぜん。楽しいもん」

水希が言い、ぜんぜん楽しいもん、と暁生が同じ言葉を繰り返す。

「でも、パパやママは困るんじゃないかなぁ」

「そんなことないよ。ねえ、ママ、麻由子おねえちゃんがいても、困らないよねぇ」

水希の言葉を受けて、隣の部屋で洗濯物を畳んでいた満恵が、穏やかに答えた。

「うん。何にも困らない。水希や暁生と遊んでくれて、勉強も見てくれて、とっても助かってる。どこへも連れてってあげられなくて申し訳ないくらい」

「パパは？　麻由子おねえちゃん、ずっといてもいいよね」

水希がからだを起こして、四畳半側でダイビングの本を開いている舟作に言った。水希の向こう側に身を横たえ、天井を向いている麻由子の横顔が暗く緊《し》まった。

「うちより、麻由子が大変だろう。狭いし、おまえたちが騒がしくて勉強もできない」

「そお？　勉強できない？」

水希が麻由子に訊く。麻由子は薄くほほえんで、

「勉強は、二人が学校に行っているあいだにしてくるから、平気だよ」

ほらパパ、と水希が言い、ほらママ、と暁生が言う。

「麻由子がいたければ、ずっとでも、うちはいい」

舟作は、子どもたちではなく、麻由子の緊張している横顔に向けて答えた。

喜ぶ水希と暁生とは別に、目を閉じた麻由子の表情がゆるむのが見て取れた。

しばらくして遊び疲れた二人の寝息が聞こえてきた。

満恵が、子どもたちには出さなかった門屋からもらったメロンを切って、四畳半側の部屋に移した食卓に運びながら、麻由子に声をかける。

「まだ寝てないでしょ、一緒に食べましょ」

夫婦で打ち合わせたわけではないが、そろそろ麻由子の真意を聞いたほうがよいと、妻も感じていたのだろう。舟作の横に、満恵が腰を下ろし、向かい側の席を空ける。麻由子が静かに起きて、顔を伏せ気味にして座った。

「うちは、麻由子ちゃんがそうしたければ、いつまでだっていてもらっていいの。それは本当。でも、高校卒業は半年も先でしょう。おうちで何かあった？」

満恵が優しい声で尋ねる。

麻由子は、水希や暁生と遊んでいるときの明るさが影を潜め、黙ってうつむいている。

舟作は、まだ中学生だった麻由子が、父親の遺体を前にして、泣くこともなく、じっと身を固くして椅子に掛けていた姿を思い出す。

家族三人の死に対して、満恵も水希も暁生も泣いた。駆けつけた門屋も泣いてくれたし、関わりのある友人や同僚、近所の人々の多くも涙を流してくれた。知らせを聞いて、詩穂と麻由子も内陸の都市から訪れ、詩穂は、離婚の話し合いのときに終始冷静だったことが嘘のように、大きな声を上げて泣いた。やっぱり一度は心から愛した人だものね、と満恵は言った。

けれど麻由子は泣かなかった。少なくとも誰も彼女が泣いている姿を見なかった。

舟作の知る限り、三人の死に対して親しい者のうちで涙を流さなかったのは、彼女のほかは、自分だけだ。

「喧嘩、したのか。お母さんと」

舟作が尋ねた。

麻由子がかすかに眉を動かす。

「お母さん、何か、言ってた？」

麻由子がまばたきを繰り返しながら尋ね返す。緊張した際にまばたきを繰り返す癖は、大亮にはなく、舟作と、舟作の父にあった。

「言ってはなかったが、何か、そんな気がした」

麻由子が顔を起こして、天井のほうを見上げ、ため息をつく。

「話してみないか」

舟作は、彼女の背中を押すつもりで言った。

麻由子は、なおしばらく天井を見上げたままでいて、急に力を失ったように首を落とした。

「再婚、するって……」

「詩穂さん？」

満恵が驚いて訊く。麻由子は小さくうなずいた。

「前から、って、もうずっと前、お父さんが生きてた頃から、そんな人がいる感じはあった……。十歳と十二歳のとき、新しいお父さんができたらどうって聞かれたことがあって、絶対いやって答えた。二度目は、不潔、って言葉も使った。お母さんに好きな人ができるのは仕方がないって、頭ではわかってても、お父さん、死んだわけじゃないし、お父さんも再婚してないし、お父さん、わたしと会うと、お母さんのことを気にしてて、まだ好きなんだなって思ったから、二人が元に戻ればいいって、ずっと願ってた。そうしたら……あんなことが起きて、お父さん、いなくなった。お母さん、再婚の話はしなくなった。あきらめたんだと思った。でも違った。ずっとつづいてたんだよ。こないだ、わたしが東京か横浜に進学したい希望を言って、行きたい学校の偏差値はクリアしてるし、奨学金ももらえそうで、具体的に形が見えてきたら……いきなりお母さん、わたしが大学に進んだあと、再婚する、って切り出した。びっくりした。もう決めてる、お母さんの人生だからって言い切るの。わたしの気持ちはどうなるのって訊いたら、巣立つんでしょ、これから多くの人と出会うんでしょ、残される側は一人よって……。勝手よ、自分勝手なのよ」

舟作は頭のなかで計算した。

大亮と詩穂は高校の同級生で、互いに二十五歳のときに結婚した。そのとき詩穂は妊娠していた。麻由子が六歳のとき、二人は離婚した。大亮は再婚こそしなかったが、風俗に通ったり、飲み屋で知り合った女など何人かと短く付き合ったりした。離婚のとき三十二歳だったから、当然と言えば当然だろうし、それは詩穂にも言えただろう。女として盛りと言える年だったのだから、言い寄る男は少なくなかったろう。とはいえ、麻由子を抱え、かつ、大亮の一度の裏切りを許せなかった潔癖な性格からして、簡単にその場の感情に流されたとは思えない。慎重な上にも慎重に選んだ相手と、愛情を育み、麻由子が十歳のときに再婚をどう思うか、と打診したのだと思う。反対されて、時間を置き、あらためて娘が十二歳のときに打診したのは、同じ相手とのはずだ。そのとき彼女は三十八歳。どうすべきか相手と相談するうち、かつての夫と義父母が亡くなった。しぜんと再婚の話は控えざるをえない状況となった。

だがお互いに、新しい相手を見つける年代でも、また性格でもなく、関係はつづいていたのではなかったか。そして麻由子が今回巣立つのを見極めた上で、一人残されることになる母親は、四十四歳となるいまを、いわば最後の機会にとらえて、打診ではなく、人生へのけじめもあって、再婚を告げたのだろう。

相手がどういう人物かわからないが、詩穂が選び、ずっと待たせ、また相手も待ちつづけていたことを想像すれば、誠実な人物像が浮かび上がる。その人も四十代半ば、あるいは五十に差しかかる年代となり、再婚はぎりぎりの時期と思い定めて、彼女に強く求めたのかもしれない。

大人側の事情としては、むしろよく子どもや周囲の者たちに配慮を重ねてきたほうだと思いはするが、子どもの側の心情は当然ながら別だろう。

「それで喧嘩して、家を出てきたの？」

満恵が訊く。麻由子はうなずいた。

「ちょうど大学の下見をする準備をしてたときで、二週間早くなったけど、思い切って出てきた。高校には届けてないけど、きっとお母さんが電話してると思う」

言葉に力はなく、母親への甘えが言葉の端ににじむ。麻由子なりに、大人の事情も理解はしているだろう。だが気持ちの整理がつかないのは、母親の愛情を他人に取られるような想いと、父親に対する愛慕の情がいまも強いからだろうか。

「いやな、ものだよな……」

舟作は、自分でも意外なことを口にしていた。満恵と麻由子、双方のいぶかしむ視線を感じる。大人として、姪を説得すべきだと思いながら、

「いやな、ものだと、思うよ」

と、内にこもる、つぶやくような言葉しか出てこない。

夜の海に潜っていく前の心持ちだった。

海にエントリーして、頭を海面から下に入れる。周りは真っ暗だ。ひどく心細い。孤独だ、と思う。状況は理解している。どうするのがよいのか、頭では理解できている。なのに、からだが反応しない。誰かそばにいてくれれば、と願う。だが一人だ。不意に斜め上に光を感じる。文平が船縁からライトを垂らしたのだ。舟作が潜ったあと、浮上するときの目印だった。潜る前だが、その光に救われる。一人ではないことを感じたせいかもしれない。待つ人がいることの確信につながったせいかもしれない。よし、潜ろう、潜ってこよう。ようやくからだが動きだす。

舟作は、テーブル越しに、向かい側に座った麻由子に手を伸ばした。

麻由子が戸惑い、首を傾げて、舟作を見る。彼女に手を差し出すよう、目で促す。麻由子がこわごわと手を出す。舟作はその手を握った。強く力をこめる。

大丈夫だ、と伝える。いつも見守っている、と伝える。どれだけ深く潜ろうと、どれだけ遠く

へ潜ろうと、おれはきみが浮かび上がってくるのをきっと待っている。だから潜っておいで、一人で行っておいで、きみはもう一人で潜る力を持っているのだから。

麻由子の目が見開かれ、奥歯を嚙みしめ、顔を伏せる。

「お父さんが、生きてたら……」

麻由子がすすり泣く声を洩らした。舟作に預けた手がふるえる。

「生きてくれてたら、って、ずっと思ってた。離婚しても、生きてたら、お母さんと元に戻る可能性があったし、また三人で暮らせたかもしれないのに……なんでお父さんなの、なんでお父さんじゃなきゃ、いけなかったのって、ずっと、ずっと思ってた……」

麻由子たちには、大亮は、舟作の代わりに船のメンテナンスに出て、被災したのだと、法事の席で話した。二人は何も言わなかった。だが舟作は、ことに麻由子に対して、取り返しのつかない罪を犯した気持ちを抱え、それはいまも消えずにいる。

「でも……」

麻由子が顔を上げた。舟作をまっすぐ見つめる。瞳に憎しみめいた色はない。

「お父さんで、よかった……お父さんのほうで、よかったんだよ……」

彼女の両目からいきなり涙がこぼれた。十三歳のときから押し殺していた感情が、一度に噴き上げてきたのかもしれない。表情が幼い子どものように崩れ、お父さんでよかった、お父さんでよかったんだ……と、しゃくり上げながら繰り返す。

満恵が、どうしたの、と怪しみ、そばに寄り添い、肩を抱いた。

麻由子は、右手を舟作にゆだねたまま、満恵に支えられて、どうにか我を取り戻した様子で、目を開き、また舟作を見つめる。嗚咽を抑え、言葉をつなぐ。

「だって、だって、叔父さんだったら、水希と暁生のお父さんを、奪っちゃったことになるんだから……あの子たちの笑顔を、奪っちゃったことになるんだから……。わたしのお父さんでよかったんだよ、お父さんでよかった、これでよかったんだよ」

「麻由子ちゃん……」

満恵が姪を抱きしめる。舟作は麻由子の手を握ったままでいた。彼女が沈まないように握りつづけた。

麻由子の声は大きく響いたが、熟睡している水希と暁生が起きる気配はなかった。

翌日、麻由子は、水希と暁生が小学校へ行っているあいだに、自宅へ戻った。春になったらこっちに出てくるから、そのときにまた一緒に遊ぼうね、と、二人に手紙を残していった。

5

十月に入って最初の火曜日、台風が日本列島の太平洋沿岸を北上し、船を出すことは断念せざるを得なかった。

翌週は新月、翌々週は台風がまた太平洋沿岸を襲ったが、もともと夜に月の出がなかった。

この台風が雲をすべて連れ去って過ぎたおかげか、十月最終の火曜日は、雲ひとつない快晴で、夕方から空にのぼった月は、少しも欠けるところのない望月《もちづき》だった。

大潮で、海は月に強く引き寄せられ、船に乗っていると、漁師ならではの感覚だろうが、海がふだんの位置より嵩上《かさあ》げされているのを感じる。そのぶん自分たちも月に最も近づいているから、月も大きく見える……というのは、漁師の家の子どもたちへの冗談で、月までの距離を考えれば、その程度で見える大きさが変わるわけがない。ときとして月が倍近くも大きく見えることがあるのは、目の錯覚だと言われている。

月が明る過ぎて、星は見えづらい。それでも北へ向かう航路の先の空に、小熊座と、その尾の先端の北極星が鮮やかに見えた。目を上げていけば、M字型をしたカシオペヤ座が見える。今夜もまた流れ星が二つ、願い事の言葉が浮かぶ前に、天空をよぎった。

小型ボートが〈光のエリア〉に近づく。月が明るいと、海上に浮かぶ異質な影は目につきやすい。誰も海など注意して見ていないだろうとは思いつつ、文平は用心して、いつもより遠回りの潮路を選んでポイントへ近づいた。

今日はどの辺りに潜るか、という、出発前の打ち合わせにおいて、ここは、あそこは、と文平が提案するポイントを、舟作は首をひねって決めかねた。どこか潜りたい場所があるのか、と問われ、ない、と答えた。潜りたくない場所ならあった。実際は、潜ってほしくないと言われた場所だった。

「じゃあこの辺りはどうだ。八月に潜った場所の近くだ。あんときはいまいち、いいものが見つけられなかっただろ。そうした所のすぐそばが、実際の漁じゃあ穴場だったりする」

文平が指し示した海図の一点の、海底の様子を思い出し、舟作は短くためらったのち、うなずいた。そのポイントに小型ボートが達し、文平がアンカーを下ろす。

舟作は装備を整え、海を見つめた。鏡に似た銀色の光を一面にたたえ、油の海のようにゆうらゆうらと重そうに揺れている。もしかしたら海は固く閉ざされ、人の侵入を許さないのではないか……。海が鏡面のごとく光る夜には、ついそんなばかげた考えにとらわれる。撥《は》ね返される恐れを抱えたまま、文平に合図を送ったのち、舟作は背中から海にエントリーした。

満月の強い光が、海中の二メートル前後の深さにまで差し込んでいる。ヘッドライトをつけなくとも、口から出た泡がブラックパールのように暗い光沢をもって立ちのぼってゆくのが見える。幾筋もの波の縞が、グローブをした自分の手の上を流れる。

耳抜きをしながら、辺りを見回す。暗い霧のかかった夜明け前の情景を思い起こす。海面近くは薄い藍色の空間が広がり、次第に色は濃くなりつつ、視界は舟作の足の下まで届いている。台風によって、空の雲と同様、巻き上がっていた砂や泥、木屑や鉄屑、プランクトンの死骸など、海中の様ざまな漂流物がいったん払われて、海水が少し澄んでいるのかもしれない。

だが魚の姿はなく、海底に存在するはずの家屋や車や鉄骨は、影も見えてこない。舟作はゆっくり足から降下して、やがて月の光が届かない領域に入ってきたのを、自分の周囲に泡が見えなくなったことで確認する。

あえてヘッドライトを点けず、暗闇の海中に自分を置く。沈んでいるのか浮かんでいるのか、瞬時にはわからない。自分で自分のからだが思うにまかせない浮遊感のみを感じる。見るという肉体的な行為も、いまは無意味だ。自分の指さえ見えない闇のなかにいて、人間という限られた存在から解放されているのを意識する。意識としてのみ、自分はいま存在する。

だから、生きている、とも言えないのかもしれない。死、とは、あるいはこういう状態のことだろうか。肉体を失い、魂と呼ばれることのある意識が、ただ闇の虚空に漂うことなのか。この状態が長くつづけば、孤独と虚無感に苦悶するかもしれないが、いまは苦しくも悲しくもない。暮らしのなかでふだん感じる喜怒哀楽の感情から離れている。肉体がなく、他者との関係がないので、人くさい心の動きに縛られなくてもよいからだろうか。

おれはいま生きていない……と思う。生きていないことが、けれど、つらくない。

急な耳の痛みに襲われた。脳味噌が強い力で締めつけられるように痛む。

水圧だ。闇に漂っているあいだ、つい耳抜きを忘れた。やはり自分は沈んでいるのだ。慌てて耳抜きをする。通常のやり方では抜けない。グローブをした指で、フルフェイスのマスク越しに鼻をつまみ、息を吐く。耳管が開き、楽になる。ヘッドライトのスイッチを入れた。

自分を取り巻く泡が見える。うつむいて、降下していく先を照らす。フィンの先が、海底から斜めに突き上げている電信柱にふれる寸前だった。電信柱には垂直に交わる形で鉄骨が横に突き出し、ケーブルがからまって、巨大なクラゲか蛸の触手のように揺れている。限られた肉体に縛られている自分と、現実世界との衝突の危機を見いだし、息を多めに吸って、膨らんだ肺の浮力で降下を止め、フィンワークで場所を移動する。

ヘッドライトを振り、ひとまず安定して着底できる場所を見つけ、静かにフィンの先から砂の上に足を着ける。立て膝を突き、からだの安定を保って、水中ライトを灯す。

光の届く範囲が、やはり水が澄んでいるようで、いつもより広く感じる。目が慣れてくるに従い、視線が光の進入に連れられて、思いもかけなかった情景をとらえた。

まるで人工の遺構のようだ。周囲の海底に、二メートル前後に盛り上がった小山が間隔を置いて並んでおり、遠くまで連なっている。小山の表面は砂か泥のようだが、ところどころから木材や鉄骨が突き出し、また斜面の隙間から、車の一部や、家屋の屋根か壁らしきものの断片、屋根瓦、電線やケーブルなどが見られた。

波に襲われた地域が、復興を目指して整理されてゆく際、人間たちは重機を使って、かつての家屋や建造物や車や電柱や鉄骨や木々、あるいは泥にまみれた日用品や生活用品を押し集め、持ち上げ、積み上げて、それぞれ一定の場所に瓦礫の山を作った。海の底では、自然の営みによって、そうした瓦礫の山が場所場所で作られていたらしい。これまでも同様の小山を二度、どちらも一つだけ見たことがあったが、ほぼ同じ形の山が広い範囲で数多くできているとは思いもよらなかった。

海に沈んだ遺跡のような小山の連なりを見ていて、舟作は故郷の化石の出る山を思い出した。いま自分の背後に、子ども時代の大亮や門屋がいる気がする。またここが海に沈むことがあるかなぁ、と門屋が言う。ないよ、と舟作は答えた。背後に立つ大亮が、ずうっとずうっと長い時間が過ぎた先ならわかんないぞ、と答える。あ、だったら……と舟作は思いついた。兄に笑われそうで、口にしなかった。あのとき音にしなかった言葉が思い出される。

いや、いま考えることではない。目を強く閉じ、無意味な回想を頭から払って、ライトを巡らしてゆく。光の輪のなかに、押しつぶされた外車と、老人福祉施設の名前が車体に入ったワンボックスカーとが、重なり合っている姿が浮かんだ。

舟作は、あおり足を用いて、砂を巻き上げないよう注意して進んだ。外車の運転席へと近づき、車内をライトで照らす。運転席には、確かに手作りらしい縞模様の入ったシートカバーがかぶせられている。水圧がかかるなかでは、ナイフで細かく切っていかなければ外せそうにない。透子はカバーの回収に関しては口にしなかった。舟作もナイフは持っていない。

車内をあらためて見回す。海水に始終さらわれるせいか、砂が表面的に溜まっている以外、目ぼしい品物も、遺骨らしいものも見当たらない。最初に見たときは、一メートル近いマダイが後部席の空間に棲んでいたが、いまはどんな魚の姿もない。

ワンボックスカーのなかものぞいてみる。やはり砂が溜まっている以外、遺体も遺骨のかけらも、少なくともライトの届く範囲には見当たらない。ここには小さな魚が数種類棲んでいた。外車とのあいだを行き来しているのかもしれない。

透子はなぜ、指輪を探さないでほしい、と言ったのだろう。舟作を待ち伏せし、強引なかたちで誘い、指輪や車の写真まで見せて、わざわざ、探すな、と申し出た真意がわからない。指輪ひとつ、海で見つけることはまず不可能で、申し出る必要もないことだ。

わからないことのもう一つは、なのに、自分がいまここにいることだった。

万が一、指輪を見つけたら、自分はどうするつもりか。持って帰ることは許されない。求められてもいない。なのに探している。探すなと言われて、かえって興味を引かれている。

舟作はもう一度外車のなかを丁寧に水中ライトで照らした。ダッシュボードは開いて、なかには何も残っていない。ガラスの失われた窓から半身を入れて、床に溜まっている砂を払った。何も出てこなかった。

「おう、やっぱり外れた場所の近くには、穴場があるもんだな。大漁じゃないか」

庭に敷いたブルーシートの上に並べた品物を見て、文平が嬉しそうに言う。

デジタルカメラは、海水に浸かっていても、撮影記録が復元できるかもしれない。小さな写真立てのなかの写真は、色も人の顔の輪郭も失せているが、赤ん坊を大人の女性が抱き上げている構図なので、服装などで持ち主がわかりそうな気がする。革製のカバー以外はほとんどページが失われた外国語の本は、半分残った最後のページに蔵書印が見えたので、貝入れ網に入れた。三分の一程度欠けた、陶製のふくろうの置物。やはり大きく欠けた陶製の猫の置物。二つはそれぞれ造形が凝っているので、所有者がわかる可能性がある。さらにキャップにイニシャルの彫られた万年筆。そのそばから、ネームシールを貼られた三角定規も出てきた。

すべて、例の外車とワンボックスカーの周辺の海底を探していて、見つけたものだ。ほかにも持ち帰らなかったが、プラスチックのかけらや木片、布の切れ端などを掘り出した。

「で、今回は、宝石やアクセサリーめいたものは出てこなかったか」

文平に問われ、舟作は首を横に振った。指輪は見つからなかった。

仮眠から目覚めて、いつものホテルに向かって小型トラックを走らせる。

途中、コンビニの広い駐車場に車を入れ、家から持参して、文平のところでも車に載せたままでいた、スポーツバッグのチャックを開いた。スニーカーと綿パンと、長袖のポロシャツが入っている。サンダルを脱ぎ、厚手のジャージーのズボンを綿パンにはき替え、パーカーとトレーナーを脱いで、ポロシャツに着替える。

文平の前で着替えたら、何を言われるかわからない。珠井は少しは驚くかもしれないが、この程度の変化は見逃して、何も言わずにいるだろう。

ホテルの駐車場に入る前から、動悸がした。エンジンを切って、運転席にとどまったままホテルを見る。ラウンジがある辺りの内側は、窓ガラスが光を反射して見通せない。

透子と会って話すことには、気後れを感じる。彼女に、手を伸ばせば届きそうな場所に座られると、気持ちが乱されるばかりで、心身ともに疲れてしまう。

そのくせ、彼女の傲岸さと憂いのあいだで揺らぐ顔や、唇のあいだからのぞく白い歯と桃色の舌、胸から腰へと流れる誘い込まれそうな曲線、ふくらはぎから足首へいたるもう一つの曲線を、間近で見ても許される立場に、もう一度身を置いてみたくて、胸が締めつけられるほどだ。

覚悟を決め、車を下りる。スーツケースをさげてホテルに入り、ロビー脇のラウンジを見回す。彼女の姿はなかった。失望と安堵が交錯する複雑な胸のつかえを抱え、エレベーターホールの前に進んだ。ボタンを押したとき、背後に人の気配を感じた。

「指輪は、どうされました」

振り返るのが怖かった。だが振り向かずにいられなかった。

透子は、濃紺のワンピースを着て、肩から腕にショールを掛けている。髪は最初見たときのようにすべてを綺麗にまとめるのでなく、二度目のように長く伸ばすのでもなく、後ろでゆるくまとめて、肩の両側に巻くように垂らしていた。

彼女は、別のエレベーターのボタンを押す真似をして、

「指輪は、探さずにいてくださいましたか」

と、そしらぬ顔で問う。

舟作は、喉がつまりそうになり、ただうなずいた。

「前回と同じホテルで待っています」

開いたエレベーターに彼女は乗らず、ロビーのほうへ歩き去った。

珠井にいつものように迎えられ、舟作は海から採集してきた品物を彼に見せた。文平と同じく明るい反応が返ってきたことが、素直に嬉しい。

一方で、透子のことを、珠井に話したものかどうか迷った。彼に話せば、会員である彼女に何らかの注意はするだろう。だが、どのように？　彼女は、探してほしいものがあると、ダイバーに頼んだのではない。

「この辺りは、八月に一度潜られましたよね。この背後に写っているワンボックスカー、車体に入っている老人福祉施設の名前に記憶があります」

写真を見ながら話をしている途中、珠井に言われて、舟作は動揺した。透子との関係が疑われるのではないかと、落ち着かなくなる。

「文さんが……一度外れた場所の近くには穴場があると、漁のジンクスをかついで……」

「なるほど。やはりベテランの漁師というものは、こうしたものにも勘が働くのですね」

珠井が感心した面持ちで言う。舟作は額に浮かぶ汗をぬぐった。

珠井と別れて、小型トラックを透子の待つホテルへ走らせた。それ以外の選択肢など思いつかなかった。

小型トラックを地下の駐車場に残し、ホテルに入る。フロントには、前回と同じ投げやりな感じの初老の男がカウンターの内側で椅子に座り、競馬新聞を読んでいた。舟作に気がつかないか、気がついても無視している。

喫茶室では、手前のテーブルで、背広姿の痩せた中年男がスポーツ新聞を読んでいた。出張でこの街に来て、やる気が出ずにさぼっている、といった風情だ。

前と同じ窓際の席に透子がいる。テーブルにアイスコーヒーが置かれている。何を見ているのか、窓の外に顔を向けている。頬に流れる髪にさえぎられ、斜め後ろからでは表情がうかがえない。姿勢には、彼と向き合っているときの張りが見られず、肩が落ちている。生活に疲れて逃避的にこんな場所で息をついている、一般的なＯＬか主婦に見えなくもなかった。

舟作は席に歩み寄り、彼女の表情をほぼ真横からうかがった。顔が青白い。いまにも泣きだしそうな面差しで、遠く焦点を結ばない場所へ視線を向けている。

透子が彼に気づいたらしい。振り向く前に頬のあたりが締まり、肩が上がり、背筋が伸びる。舟作が椅子に掛けたときには、澄ました笑みを彼に向け、頭を下げた。

「海では、ご苦労さまでした。わざわざご足労いただき、ありがとうございます」

彼女は、舟作をダイバーであるものとして話した。

いまさら否定するのもおかしいが、舟作は答えずに、彼女の次の言葉を待った。

「指輪は探さずに、いただけたのですね」

取り澄ました物言いに、腹が立ってくる。だが、何を怒っているのか自分でよくわからない。探してくれ、なら理解できるし、言い返しもできる。探してくれるな、と言われたのに、言葉の罠にからめ取られたように、逆に探してしまっていた。憤るなら、自分にではないのか。いや、やはり妙なことを申し出てきた側が悪い、と迷うから、筋の整った言葉が出てこない。

前回と同じ小太りの女性従業員が、作り笑顔で注文を聞きにくる。ホットコーヒーを頼んだ。出涸らしの薄い、煮立ったコーヒーが出てくるんだろう、と思う。

テーブルに目を落とす。ひびが四方に入っている。テーブルの色が赤茶色で、樹木のようだ。記憶のなかの、ある色や形状と似ているのに気づき、ああ、化石のサンゴか、と思いいたった。

透子の視線を受けているのに気づき、何か話さなくては、と焦った。

「……化石を、掘ったこと、ありますか」

自分に呆れた。思い浮かんだことを口にすればいいというものではない。

「カセキって、アンモナイトとかの化石のことですか」

聞き流されずに、訊き返されたことで、あとに引けなくなってしまう。

「ふるさとの山に、子どもの頃、よく掘りにいってたんです。ずいぶん昔の、海の生き物の化石が見つかってました」

「昔というと、何時代とか、わかってるんですか」

彼女が話をつなぐ。普通の会話ができることで、気が楽になっているかのようだ。

「古生代って、恐竜もまだ出てきていない頃です」

「そんなに昔のものが出ていたんですか。ふるさとの、山でですか」

「ここが昔、海だったことが、みんな信じられなくて……」

「よく高い山から、海のものが出てくるって言いますよね。わたしも不思議に思ってました」

「だから遠い未来、ここも海に戻るのかな、なんて話をしていたら……三十年くらい経って、山までは来なかったけど、ふるさとの多くが、一時的にしろ、波の下に沈みました」

あ、と彼女が言葉を失ったように息をつめる。舟作は後悔した。こんな話をしたかったわけではない。後悔しながらも、彼女の眼差しに、次の言葉をいざなわれる。

「昨日、といっても、時間的には今日ですけど、夜、あの海に潜っていて……」

認めてしまった。自分がダイバーだと認めた。だがもういい、と腹が据わる。

「潜っていて、思い出しました。小さい山が幾つも、海底にできていたんです。ふるさとも、小さい山がつづいていていたし……その連想から、化石を掘っていた当時、子どもの自分が言いかけて、言うのをやめた、あることを思い出しました」

お待ち遠さまでした、と女性従業員がコーヒーをテーブルに置き、すぐに去った。舟作は、いつのまにか前屈みになっていたからだを起こした。コーヒーに口をつける。ひどく薄い。

「どんな言葉を、思い出されたんです」

透子が尋ねた。え、と目で訊き返す。

「子どもの頃、化石について、何か言いかけて、やめたと、いま……」

「よくあるんです。話す前に、相手の答えがわかって、やめること。そのときも、この山がまた海に沈むかも、って話になって、じゃあ逆に……と、口にしようとしたんです」

ばかげていると思い、あのときと同じに口をつぐみかける。

「なんて」

と、透子が促す。「なんて、おっしゃろうとしたんです」

舟作は、血が上ったようになって、かゆくなってきた頭を爪の先で掻いた。

「いつかここが海に沈むなら、またずうっと先には、海から山に戻ることだってあるんじゃないか。そしたら、ずうっとずうっと先の人間は、自分たちの骨とか家とか船とか、テレビや車や冷蔵庫とかを、化石として発見するんじゃないかって……」

言葉を切る。透子が黙って舟作を見つめる。今度は彼女の沈黙が、舟作に対する次の言葉への強い促しとして感じられた。

「それを、兄貴たちには笑われると思って、口にしなかったけど、今日、潜っていて、思い出したんです……この海が、遠い未来、山として盛り上がったときには、砂や泥の下に眠っているものが、化石として、掘り出されることがあるのだろうかと……」

透子がまばたきもせずに、舟作を見つめる。瞳が急に潤んでくる。彼女のからだを覆っていた冷たい殻が溶け落ちるかのように、無防備に姿勢が崩れて、からだが椅子から落ちるのではないかと危ぶまれた。

舟作は思わず手を伸ばし、彼女の肩に、支えるようにふれた。ワンピースの生地を通してだが、柔らかいのに張りのある、熱のこもった肌が感じられた。

喫茶室の入口付近で大きな声がした。六人の男女が、旅装姿で入ってくる。言い交わしている言葉は外国語で、もともと広いスペースではないこともあり、舟作たちのそばのテーブル二つを占め、地図を出しながら、話し合う。高い声の言葉が飛び交い、目の前にいる透子の声も聞こえそうになかった。

透子が、舟作の手を振り払う勢いで立ち上がった。バッグを椅子に置いたまま、喫茶室の外に出る。化粧室にでも行ったのか。ほどなく彼女は戻ってきて、身を屈めてバッグを取り、舟作の前にホテルの部屋のキーを、ルームナンバーがはっきり見えるように差し出した。

「空いている部屋をお願いしました。コーヒーを飲んだら、来ていただけますか」

彼女はそれだけ言うと、伝票を取り、喫茶室を出ていった。

女性従業員が新しい客に水を運んでくる。注文なのか質問なのか、六人から一斉に言葉を浴びせられて、待ってください、ちょっと待って、と彼女が戸惑い、双方の声がいっそう高くなる。

舟作は気持ちを落ち着けようと、ふたたびコーヒーに口をつけた。ただのぬるい湯であるかのように、味がまったくしなかった。

6

ドアをノックする。返事はなく、三秒と待たずにドアが開いた。

透子がからだを引いて、舟作を招き入れる。

バスとトイレのものらしいドアを右手に見て、短い廊下を進んだ先に開けたのは、シングルベッドが二つ詰めて並び、テレビの載ったキャビネットがベッドの足元にくっつきそうなくらいに置かれた、狭苦しい部屋だった。あとはキャビネットを机代わりに使うためだろう、椅子が一脚あるだけだ。

透子が風を通すために開けた窓の外は、すぐ隣のビルらしく、コンクリートの壁でさえぎられて閉塞感がある。ただ舟作が漁師をしていた頃は、漁船内の操舵室の前にある、半身を起こすことも容易ではない空間に身を突っ込むようにして寝ていたから、それを思えばべつに苦ではない。

「すみません。外に出たほうがよかったのかもしれませんけど、余裕がなくて、こんな場所にお呼び立てすることになってしまいました」

透子が頭を下げ、キャビネットの前に置かれた椅子を、舟作の前に運んだ。

「椅子が一つしかないので、わたしはこちらのベッドに座らせてもらいます。瀬奈さんは、その椅子でよろしいですか」

透子の声は澄ましたところがなく、親しい知り合いのように聞こえる。

舟作はうなずき、椅子に掛けた。

透子は、心の乱れを落ち着けようとしてか、胸もとを手で押さえて深く呼吸をし、ワンピースの裾を押さえてベッドに腰を下ろした。膝から下を斜めに伸ばして形よく揃える。

「もし瀬奈さんのお知り合いの方が、ご覧になっていたら、きっと誤解されて、ご迷惑をおかけするかたちになり、申し訳なく思います」

こちらに謝りながら、大人の男女が、ベッドのある狭い空間に二人きりでいる状況を、舟作が性的なものに取り違えないようにと、懸命に言葉を選んでいるのが伝わる。

そうは言っても、彼女のからだのラインを想像させるワンピースの影や皺、美しく斜めに伸びた脚に目をやらずにいるのは難しい。あの海から上がって、肉体に対する飢餓は高まっている。

彼女の言葉を黙って待っていると、そのぶん欲望がつのりそうで、目を窓のほうにそらし、

「どうして、探すな、なんて言ったんです。あれはつまり、探せ、ってことですか。探すなと言えば、探したくなるだろうと思って、引っかけたわけですか」

あえて険しい言葉を吐き、彼女との距離を取ろうとした。

「いいえ、引っかけるだなんて、決してそんなつもりではありません。でも確かに、惑わすような言葉ですね。もしかしたら、探されたんですか、指輪を」

彼女がこのあと珠井のところで写真を見れば、舟作がどの辺りを探したかはわかってしまうだ

ろう。

「船を操る相棒の漁師が決めたポイントに、潜っただけです」と答える。

「どうして、瀬奈さんは、潜ってくださってるんですか。珠井さんがおっしゃってました。会員の多くが、珠井さんに、この計画を立ち上げてくださった御礼を言ったときです。潜ってくださる方がいたからなんです、と。自分の計画は、あの海に実際に潜ってくださる方がいなければ、絵に描いた餅に過ぎなかった、潜ってくださる方の誠実さが、この計画を支えてくださってるんです、と。お金が理由だとは思えません。あの町の人々に対する同情ですか。同じように親しい方を亡くされているからですか」

どちらもある。妻には、いま透子が語った理由で通していた。文平もそう思い、珠井も同じだろう。それ以上はうまく言葉にできそうになく、口にしなかった。

前にこの部屋を使った男は、たぶん出張中のビジネスマンだろう。どことなく年配の男の汗の匂いがこもり、煙草の残り香がして、風を少し通したくらいでは消えそうにない。索漠《さくばく》とした部屋で、かすかな風に乗り、上品な香水の薫りが舟作のもとへ運ばれてくる。

透子は、合わせた腿《もも》の上に、手を重ねて置いている。背筋を伸ばし、そのぶん胸が高くなり、腰のくびれに淡い陰影が生まれている。以前のように冷やかではなく、親しみと礼節と、わずかに警戒する緊張感をもって、舟作と向き合っている。

抱ける近さだった。だが、これ以上の接近は許してほしいという願いを、彼女は全身から発している。彼のほうでも、接近を罪として感じる心の働きが、かろうじて手足を縛っている。であれば、せめて気持ちくらいは裸になりたいと思った。肉体への渇望が、それを願った。

「わからない」

と、正直に答えていた。「何か、答えが見つからないか、と思った、というのが、わりと本音で……でも、答えが何か、ということの前に、問いが、自分にはわかってない」

意味がわかるだろうか。彼女には理解してほしい。頭を何度も爪で掻く。

「たとえば、雨はなぜ降るんだと、子どもが問う。それなら、海から水蒸気が空にのぼって雲になり、やがて水滴となって落ちてくるんだ、と答えてやれる。でも何を問いたいのか、本人がわかってなかったら、答えの言ってやりようがない。おれは、何の答えを求めているのか、わかってない。わかってないのに、あの海に潜り、町の人の品物を持ち帰ってくる、という話を聞いたとき、答えが見つかるかもしれない、と思った。もしかしたらそれは……」

言葉がつづかなくなり、目の前の女を見た。無性に抱きたいと思った。勢いでねじ伏せてしまえと、そのかすものが自分の血の底に潜んでいる。この女は誘ってる、誘ってるから部屋を取った、都会の女のやり方さ、わからないのはおまえが田舎者だからだ。

舟作は椅子から立った。透子が腕を胸もとに引き寄せる。目におびえが走る。だがその顔は美しい。彼女がいま裸なのを感じる。かよわい裸の、独りぼっちの生き物だ。荒く暴力を振るわれれば、あっという間にねじ伏せられ、さらわれ、流され、消え失せてしまう。

だからか、気高いくらいに美しい。その貴さを守りたいと思う。このけなげな、かよわい生き物の貴さを……化石ができるほどの悠久の時間においては、きっとつかのまに過ぎない時間しかもたない命の輝きだからこそ、せめてそっと見守っていたい。

舟作は彼女に近づいた。彼女が両足をさらに閉じるように合わせて、膝を自分のからだの内側に引き寄せる。防御の姿勢を懸命に取ろうとする。

「どうしてだろう」

舟作は、彼女の微細にふるえる瞳を見つめて問いかけた。

「どうして、あなたが、ここにいる……あなたみたいな人が、どうしてこんな部屋で、おれみたいな人間と、一緒にいる？　絶対にあり得なかったことだ。あなたが、おれの前で、こうして、おれだけを見つめて、座っているなんて……」

舟作は、彼女に手を伸ばした。彼女は身を強張らせ、動けず、じっとしている。ほのかに赤らんだ頬にふれそうなところで手を止める。止めていても、彼女の体温が伝わる。

「あんなことが起きなきゃ、あり得なかった。でも、あれが起きた。何かが変わった。もう違ってしまった。違っていないふりをして、以前のままで暮らそうとする人が多いけど……もう変わったんだ。でなきゃ、あなたがいま、おれと、ここにいるはずがない」

ふれたいと思う。この熱を帯びた肌にふれたい。だが、ふれれば歯止めがきかない気がする。あとずさる。半歩、一歩、あとずさる。椅子に当たる。椅子の後ろに回って、彼女とのあいだに椅子を障壁のように置いた。

「なぜあれが起きた？　どうしておれが残った？　なぜあっちの町がなくなって、こっちの町は平気だ？　誰が選んだ？　何が違うと言うんだ？　どうしてあなたはこの街に来なきゃいけなかった？　こんな部屋で、おれと向かい合って、おびえてまで、何かを求めずにいられないのは、どうしてだ？　どうして、もう前と違ってしまったのに、違っていないふりをつづけようとする？　変わったのに、変わらないままで生きようとする？　こっち側の人は、永遠に大切なものを失った心でいる。あっちやそっちの人に、どうしてその心が伝わらない？　どうしてこんな不公平なことが起きていながら、人間はそれを我慢して、こらえて、生きていかなきゃならない？　わからない。おれにはわからないことばかりだ。だから、潜ってみようと思った。潜ってみるしかない、と思ったんだ。でも、いまもまだ、どんな答えも、見つかってはいない……」

膝から力が抜けた。椅子の背をつかんで、支えにして、その場にしゃがみ込む。

嗚咽が聞こえた。顔を上げる。透子が両手で顔を覆い、喉の奥で泣いていた。彼女が、感情をなんとか平静に保とうと、胸を両手で押さえて、祈るように顔を天に向ける。

「この街は、わたしの故郷です。デザイナーになりたいと憧れ、東京に出ました。服のデザイナーを目指していたけど、服を飾るアクセサリーのほうでオリジナルな力を出せる自分に気づきました。訓練して、自分も細工できるようになったことで、熟練の職人さんと知り合え、デザインの幅が広がりました。神話に出てくる霊的な場面や、樹木や蔓草に遊ぶ鳥などの、精細で凝ったアクセサリーを制作し、少しずつ知人の店などで扱ってもらえるようになりました。そして、原宿のファッションビルのワンフロアを任されていた夫に、うちの店で扱いたい、と声をかけられました。二年間付き合い、結婚しました。結婚指輪は、彼が望んで、わたしがデザインしました。二人ともインドの文化に魅かれ、新婚旅行もインドだったので、ヒンズーの神話に題材を取った、平和を象徴する世界と、永遠の結合を象徴する男女の姿を造形しました。二つの指輪を揃えると、男女が抱擁している形に見えます」

舟作は、話のあいだに、椅子を彼女とのあいだに置いたまま、足を伸ばして、壁を背にして座った。

「彼の母親が認知症を患い、地元の施設に入所したことは、お話ししたと思います。わたしたちが引き取る話も出たけれど、二人とも仕事があり、結局は施設に預けるしかなく、東京ではよい場所に空きもありません。彼の母親も、地元のほうが友人も知人もいるし、言葉も通じて、いいと言いますから、実家近くの施設に入所し、夫は月に二度、帰省していました。わたしたちは子どもを欲しいと思っていましたが、そうした事情で、少し状況が落ち着くまで、と待っていました。彼が、仕事をやめて実家に帰ろうか、という考えを洩らしました。せっかく東京で大きな仕事を任されているのに、もったいないと、わたしは反対しました。わたしもアクセサリーの仕事をもっと極めたかった。それに将来、子どもをどこで育てるか、という問題もありました。わたしたちはちょっとした口喧嘩をしました。和解しきらないまま、彼は実家に帰省し、それきりになってしまったのです」

透子は次第に気持ちが静まってきたらしく、姿勢を元のようにただし、左薬指の指輪に目を落として語っていた。だが、言葉を切ると、指輪をした左手を、右手のなかにそっと握り込んだ。指輪を人目から隠すかのような素振りに見えた。

「ある人に、プロポーズをされました」

彼女は感情をこめないように注意してだろう、声には抑揚がなかった。

「その人は、夫の大学時代からの親友で、八年前に奥様をがんで亡くされています。パートナーを失った者の哀しみが、ほかの人よりわかるからでしょう、夫の行方がわからなくなって以来、ずっとわたしを支えてくれています。わたしに対する気持ちは、かなり前からわかっていました。でもいまは何もありません。夫の死がはっきりわかっていれば、もっと前に彼はプロポーズし、わたしも受け入れていたかもしれません。でも、夫はまだ死んでいないかもしれない、その状態がつづいています。もういいのではないか……そう、わたしの親は言います。けじめをつけるため、新しく始めるため、あるいは、行方不明のままではお葬式も挙げてあげられずに可哀相だから……申述書などの書類を提出して、死を認定してもらってはどうかと、彼の親戚からも言われましたし、友人たちはもう言いつくして、あきらめたようです。でも……わたしはできなかった。いつか戻ってくるのではないか、強い人だったから、どこかで生きて、たとえば頭を打って記憶を失い、戻ってこられないだけではないのか。そんなことを思いつづけていました。彼と喧嘩別れをしたままの後ろめたさも、影響していたかもしれません。彼の親友だけが、何も言わず、そばにいてくれました。気持ちが定まるのを待ってくれていました。けれど、辛抱強い彼も、四年という節目の時が過ぎたとき、ただ待つことだけでは、わたしのためにもならないと思ったようです。五年目のあの日までに彼が帰ってこなかったときは、彼を送ってあげないか、と言われました。その方も子どもがいません。だから、二人で子どもを持ち、次へとつながる家族を作りたい、将来を断ち切られた自分たちだから、あらためて未来を積み上げていく大切さが身に沁みてわかるはずだと、言ってくれました。わたしはいま三十五歳です。女として、子どもを産みたい、という希望はやはりあります。時間に限りがあることは、自分がよく知っています。でも、だからといって、夫を本当に送ってよいのか、夫が死んだという確かな証はないのに、あきらめてしまってよいのか……」

そこまで話して、喉が渇き切ってか、彼女が咳き込み、あとにつづく、わたしには決めきれず……と言いかけた言葉が途切れた。

舟作は立って、椅子を少し脇にどけ、キャビネットの扉を開いた。簡単な冷蔵庫がある。開くと、ミネラルウォーターが二本入っており、『缶ビールは一階ロビーの自動販売機でお願いします』という紙が入っていた。ミネラルウォーターのボトルを取り、コップを探す。洗面所に行き、消毒済みのコップを見つけ、ボトルの水を注いで、彼女に渡した。

「ありがとうございます」

まだ少し咳をしながら彼女が受け取り、水で喉を潤した。

舟作は、半分ほど水が残ったボトルをキャビネットの上に置いて、また椅子の後ろに戻り、話を聞く姿勢で、床に腰を下ろした。

彼女は、水をもう一口飲んで、話をつづけた。

「そんなとき、あの町の出身で、夫の卒業した学校の先生だった方を通じて、珠井さんの会のことを知りました。その先生は、わたしが夫の死を受け入れていないことを知っていて、秘密だけれど、と明かしてくださったのです。わたしは、その話に飛びつきました。先生は、なんとか珠井さんとお話しできるように取り計らってくださいました。珠井さんは慎重で、なかなか本当のことを打ち明けて下さいません。都合四度お会いしました。会員になるための、面接試験のようなものだったのでしょう。秘密を守ることや、すべての交渉を珠井さんに託すことなど、会員の約束事が守れるかどうか。そして、自分の希望する品物が採集される可能性は極めて低く、採集されてくる品物のほとんどがきっと他人の物であるのを承知で、多額の負担金を支払う覚悟があるのかどうか、確かめられました。詐欺の可能性もある話だよ、と、夫の恩師は言いましたし、珠井さんご自身が、まじめな顔で、わたしは詐欺師かもしれません、と言われました。近場の海にガラクタを沈め、自分が適当に回収し、すべてあの海から持ち帰ったものです、と言っても、皆さんにそれを見破るすべはないでしょう、と。珠井さんの話を聞いて、やめた方もいらっしゃるようです。わたしに迷いはありませんでした。ぜひ参加させてくださいと、お願いしました。この機会を逃したくない想いでした。でも……」

彼女の目が自分の内側を見つめるように、瞳の焦点がうつろに凝《こ》る。

「わたしはでも、何を期待していたのか、実のところ、よくはわかっていませんでした。つまり、わたしは、海から何を持ち帰ってほしかったのか。夫の死を証明するものでしょうか……。いいえ、そうじゃない。そうではないのです。だったら、夫の生存を証明するものを持ち帰ってほしかったのか……。ええ、そうです。そうなんです」

いや、それは……と、舟作は思う。

彼女も、でも、それは……と、言葉を継いだ。

「無理なことです。冷静に考えれば、生存を証明するものが海から見つかるはずがありません。わたしがそのことに気づいたのは、会に初めて参加して、海から持ち帰られた品物を見て、珠井さんから、実際にダイバーの方が撮影された写真を見せていただきながら、お話をうかがったあとでした。海の底の写真を前にして、会員全員が息を呑みました。そしてほとんどの方が涙を流されました。声を出して泣いておられた方もいました。詐欺などではないことが明らかな、身が引き裂かれるような、悲しくてつらい、むごい情景でした。珠井さんは、いまでこそ冷静に話されますが、そのときは涙にむせびながら、何度も言葉につまって、ダイバーの方が見てこられたことを話してくださいました」

おれもだ、と舟作は思い出す。おれも冷静には話せなかった。いくら抑えようとしても声がつまり、かすれて、たびたび中断しながら、苦しかった潜水の経験を、その場にいることがいたたまれなかった海底の様子を、無力な自分を責める想いで語ったのだ。

だが、珠井の話しぶりや、会員たちの反応については、いま初めて知った。珠井は、会員たちの具体的な反応については、ほとんど舟作に伝えなかった。いま透子から聞いて理解できたことだが、会員の反応を伝えて、舟作が同情の度合いを強めると、あの海で冷静に行動できなくなる危険性がある。そのことに配慮したのだろう。

「わたしも、海底の写真と、ダイバーの方が目撃された事実の凄まじさに圧倒されました。自宅に戻って数日は、海底の様子が頭に浮かんで、胸が苦しくなりました……瀬奈さん」

透子の目が舟作に向けられる。柔らかく彼を見つめ、優しい声音で語りかけてくる。

「おからだは大丈夫でしょうか。お心も何事もなくいらっしゃいますか。わたしは、胸が苦しくなるたび、実際に潜られているダイバーの方のことが心配になりました。でも……こんな気づかいは、傲慢な自己満足ですね。潜っていただいて、心配する言葉だけをかけて、止めるのではなく、また潜っていただくのですから。偽善です」

透子が頭を下げる。

舟作は答えようがなく、うなずくでも、首を横に振るでもなく、ただ顔を伏せた。

「あの海から、生存の証となるものが持ち帰られることはない、と、ようやく思いいたりました。行方のわからない人の生存が証明される品物など、海の底で見つかるはずがない。そんな品物が見つからないことをもって、生存の可能性がわずかでも期待できることはあるとしても。わたしは、あの海から何を期待するのか、願っているものは何なのか、あらためて考えねばなりません。言い換えれば、彼に生きていてほしいのか……それとも」

言わなくていい、と舟作は思う。言う必要はない。彼女を見て、首を横に振る。

だが、透子は舟作に目を向けていながら、濡れた瞳は彼を見ていなかった。

「それとも、彼に死んでいてほしいのか」

舟作は壁に頭をつけた。透子は顔をそらし、指先で目もとをぬぐった。

「あるとき、指輪の写真を見て、どきりとしました。おもちゃの指輪だったそうで、海からは持ち帰らなかったと、珠井さんから説明を受けました。貴金属は持ち帰らない約束の重大さに、あらためて気づきました。彼の指輪は、もし見つかっても、持ち帰られることはない。残酷に感じました。彼の死を間違いなく証明することになる結婚指輪が、見つかったとしても、また海に置いていかれる。永遠に海に沈んだままとなる……であれば、いっそはじめから見つからないほうがよいと思えました」

窓の外から救急車両のサイレンの音が聞こえた。舟作はつられて窓のほうに目をやり、彼女も振り返る。ビルの谷間で反響するせいで、音が歪み、重なって、幻聴のようにも思える。ほかの車の音や、工事の音など街の喧騒にかき消されていくまで、二人は耳を澄ましていた。

サイレンの音が完全に消えて、彼女が小さく肩で息をつき、こちらに顔を戻した。

「わたしはいまも以前と同じように働いています。事務とアシスタントの二人を雇った小さな事務所を構え、アクセサリーだけでなく、バッグやファッション小物のデザインをし、制作の発注と管理を行い、小売のお店と交渉し、昨年からはブライダル衣装に合わせた新しいアクセサリーのあり方を提示して、好評です。ファッション雑誌にも何度か取り上げられました。顧客からオリジナルのアクセサリーの注文も頂き、仕事は順調です。でも……部屋に戻れば、独りです。仕事をして、独りの部屋に遅く帰りつき、独りで食事をします。作るのが面倒になり、外食が増え、それも疲れて、コンビニのお弁当ということも、ままあります。家のなかで何の音もしないことがつらくて、見もしないテレビをつけて、電子レンジで温めたお弁当を、ときには温めもせずに、食べるのです」

姪の麻由子の母である、詩穂のことが頭をよぎった。詩穂もまた、麻由子が旅行などで家を数日空けた夜、独りで食事をしつつ、娘が巣立ったあとの寂寥《せきりよう》を想い、このまま独りで老いていくだけなのかと、いたたまれなくなったのだろう。

「そうした日々に息苦しささえ感じていたとき、珠井さんの会に加えていただいたのです。一週間後に潜れそうだというメールが、どれほど励みになるか。三日前になって、現地の天気はよさそうで潜れる可能性は高いです……そのメールで、元気が出るんです。ダイバーの方に明日潜りますと言っていただきました、というメールをもらい、わたしは仕事をすべてオフにして、待ちます。どうぞ潜ってくださいますように、と祈ります。つづいて当日の夜、いまから潜りますとダイバーの方から連絡がありました、とメールをいただき、この街へ出かける準備をし……早朝、潜りました、というメールをもらい、車を走らせます。その、ほぼ月に一度のときを目当てに、わたしは生きているような気に、このところなっていました」

透子が独り、マンションの部屋で、たぶん寝室で、舟作が潜るかどうかを待っている姿が、いまベッドに腰掛けている姿と重なる。そのとき彼女が待っているのは、舟作だ。舟作が潜ることを……いわば彼女のなかの海に潜ることを、待っている。

「でも、なんていう皮肉でしょう。そのときとは、夫の死を確認するか、夫がまだ生きている可能性を確かめるときなのです。そして夏、見つけたのです。夫の車が写真に撮られていました。わたしの縫ったシートカバーが写っている写真を、夫の親友に見せました。彼がこの世を去った証だね、と、その人は言いました。かもしれません。けれど、わたしの心には反撥《はんぱつ》が生じました。絶対の証拠ではないのに、この人は、わたしが欲しくて、夫を死んだことにしようとしている、と……。愚かです。このままずっと独りで生きていくつもりなのかと、自分に問いかける声があるのに。まだ子どもも産めるのに、仕事と、夫の思い出だけで生きていくのかと、問い詰める声も聞こえるのに……」

彼女の女という性が、なまめかしく、彼女のからだから匂い立つように、舟作には感じられた。揃えた両足がかすかに崩れる。膝と膝のわずかな隙間に、目が吸い寄せられる。

もう誰にも抱きしめてもらえないのか。からだの芯を激しく揺さぶられ、束縛の果ての解放に命をゆだね、生きていることとの別の次元での喜びを、もう自分は与えてもらえないのか。二度と得られないままに、女としての性を終わらせてしまうのか……。ときとして嵐のように、彼女の心とからだを襲う焦りを、独りのベッドで感じる夜の、むせ返るような匂いが鼻先に漂ってくる気がして、舟作はとっさに彼女の足から目をそらした。

「指輪が見つかれば、と、夫の親友に言いました。指輪が見つかれば、あの人の死を認めるほかないけれど、車だけではまだ何とも言えない、と。その人は本当に悲しげな顔をしました。指輪が見つかる可能性など、ほとんどない。わたしも、その人も知っている。なのに、それを彼との再婚の条件にしたのです。彼は承知し、代わりに来年の三月、五年という時間を迎えるまでは待つ、けれどそれ以上は待たないと言いました。それがお互いのためだと思うから、と。ですから、指輪が見つかれば、わたしは夫の死亡を届け出て、再婚するでしょう。でも見つからなければ、自分の一番の理解者だった人と別れ、子どもを産むこともあきらめて、独りで生きていく……。そうした迷いのなかで、わたしは、あのホテルのラウンジにいました。珠井さんに、ダイバーの方とお話ししたい、と申し出たとき、実際に何を求めているのか、わかっていませんでした。瀬奈さんがダイバーだと確信できたあともです。わからないまま口をついて出たのが、指輪を、という言葉と、探さないで、という言葉の、二つの想いの重なりでした。自分でも、相反する想いが一つの言葉になって戸惑い、さらに強引に、探さないでほしいという言葉を瀬奈さんに押しつけて、困らせる結果になってしまいました」

舟作は立ち上がった。もう限界だった。椅子一つ程度の障壁では、彼女に向かう欲望を抑えがたい。彼女との再婚を願う男がいる、つまりは彼女を抱くことになる男がいる、という事実によって、自分にも抱ける可能性のある肉体として、彼女の存在が、自分の前に開かれていると感じたせいだ。

さっきまでは強引に押し倒したいという欲望だった。いまは優しく抱きしめて、焦らなくても、恐れなくてもいいんだと、自分の全存在で伝えるように、慰めたい、いたわりたい、という感情だった。だから危ない。溺れる気がした。

四歩か五歩でたどりつくドアが、海中で浮上するときのように遠く感じる。ボートに上がるハシゴに手を掛ける思いで、ドアノブを握りしめる。ようやくドアを開いたとき、背後で、

「瀬奈さんっ」

と、透子が小さく叫ぶ声が聞こえた。

重いからだを一気に引き上げるように廊下に出て、ドアを閉めた。

舟作は、文平に金を渡し、小型トラックを自宅のある町に走らせて、満恵を呼び出し、いつものラブホテルで抱いた。

今日も以前とは違う、と、彼の行動に対して、妻は察しただろうが、口に出しては何も言わなかった。

舟作は、妻の衣服を優しく脱がせ、慰めるように全身を撫で回し、いたわるように唇をつけ、慈《いつく》しみたいと願ってからだを開かせ、一つにつながり、愛そうとした。自分の愛を感じてもらおうとして、愛した。生きている、ということを、相手に感じてもらおうとして、つながりをさらに確かで、重くて、熱いものになるよう力を尽くした。

舟作、舟作、と、満恵は呼んだ。

舟作は、口からこぼれる名前が妻と違ってしまうことを恐れ、黙って抱きつづけた。

第三部

1

十月は、古い呼称で神無月《かんなづき》、神様が無い月と呼ばれる。では、神様がいる月、というのはあるのかどうか。

そんな言葉が遠くで聞こえ、不思議に思う。

月とは、マンスのことか、ムーンのことか。ムーンなら、神様も何も、生物が生息できる環境ではない。いや、神様は生物とは言えないから環境など関係ないのか。いにしえの人々は、神様のいる場所として月を崇《あが》めていたと、何かのおりに聞いたことがある。いや違う……そんなものは元からいないのだ、神様のいる場所なんてない。

瀬奈さんっ。

透子の小さく叫んだ声がよみがえる。

あのとき部屋に戻ったら、と、あのあと何度も思い返した。彼女は、どんなつもりで舟作を呼んだのだろう。あのとき戻ったら、自分を抑えることはできなかった。彼女の頬に右手を添わせ、後ろでゆるくまとめられた髪のなかに指を滑り込ませて、逃れられないようにして唇を吸い、背中に左手を回して、強く抱き寄せながらベッドに倒れ込み、勢いで開いた彼女の美しい両足のあいだに、自分の無骨な膝を差しはさんでいただろう。香水ではない、彼女のからだの奥から立ちのぼってくる薫りを胸の底まで吸い込み、むせ返るような女の性の匂いに我を忘れて、罪に溺れる時間を過ごしたろう。

彼女もまた、あの瞬間だけは、我を忘れたのではないか。濃密な時間を共に過ごした者だけに理解できる感覚で、舟作を呼んだときの声と息づかいに、それを感じる。

独りではもう倒れそうな身を、一時《いっとき》でも抱き支えてくれる厚い胸を。寂しさに冷たく凝り固まった心の襞《ひだ》を、ひとつひとつ丁寧に剝がしてくれる愛撫の手のひらを。上気した末の告白によって開いてしまった虚しい部屋を、寛容に充たしてくれる温かい存在を。自分でも気づかないうちに、呼び寄せかけたのではなかったか。

瀬奈さん……瀬奈さんっ……。

何度か呼ばれた気がして、舟作は声のしたほうを振り向いた。

ドライスーツを着た都ちゃんが、水の滴るレギュレータを手に、こちらを見ている。さらに向こうで、ドライスーツを腰のところまで下ろしたタクヤが、フィンを一足《いっそく》ずつ両手に持ち、こちらをいぶかしむように見ている。

マリンショップの裏側で、二槽並んだ水槽と大型のバケツを使い、ダイビングスクールの受講生が使った器材を、三人で洗っているところだった。

「あ……ない、と思う」

答えて、水槽内の真水につけて洗っていたBCに目を戻す。

「何がですか」

都ちゃんが澄んだ声で尋ねる。

「だから、神様のいる月なんて、ないよ」

透子の面影を消し去るように、BCを手荒くこすって、海水を落としてゆく。

「残念でしたー。正解は、ある、です」

「え、マジで」と、タクヤが訊く。

「神無月って、日本にいるすべての神様が、その時期、わたしのふるさとの出雲《いずも》に集まっちゃって、どこにもいなくなるから、神様がいない月、って呼ばれたんですって。でも、わたしのふるさとからすれば、神様がたくさん集まってるわけでしょ。だから、うちの旧暦十月は、神様がいる月、神在月《かみありづき》と呼ばれるんです」

「へえ、初めて知った」

「瀬奈さん、ご存じでした」

「あ……いや」

首を振るというより、わずかに傾ける。都ちゃんの視線を横顔に感じる。

ショップのほうから、タクヤを呼ぶ門屋の声がする。タクヤが返事をして、フィンをバケツのなかに置いて走っていく姿が、目の端をよぎった。

都ちゃんは、レギュレータを水槽のなかでゆすぐように振って、

「ちょっと窮屈になってきちゃったな。瀬奈さん、後ろのファスナー、お願いします」

彼女が、レギュレータを放して、舟作に背中を向ける。ポニーテールにまとめている髪を、両

手でかき上げるようにした。

舟作は、泳ぎで鍛えた彼女の背中から腰にかけてのラインを前に、後れ毛が淡く金色に光るうなじを見つめ、ドライスーツの背中のファスナーを開いた。縛りを解かれて、意識的にではないだろうが、都ちゃんがあえぎにも似た息づかいを洩らす。

舟作は水槽の前に戻って、BCを水から上げ、排気ボタンを押して空気を出してゆく。そのあいだに、都ちゃんはドライスーツから首を出し、両手を抜いて、腰のところまでドライスーツを下ろした。ビキニのトップに包まれた、豊かな胸がふるえる。

「瀬奈さん、今日、時間ありますか」

彼女が、舟作にまっすぐ見せるようにからだを向ける。

見ないのも、かえって気まずく、舟作はからだを起こし、正面から彼女を見た。瑞々しい肌をした健康なからだであり、女性的な胸だと思う。まっすぐ見られて、彼女のほうが恥ずかしそうに目を伏せた。気持ちを奮って舟作に向き合っているのかもしれないが、本来はおとなしい性格で、大胆に男を誘う真似など似合わない。

「タクヤに今日、飲もうって、誘われてます……瀬奈さんも、一緒にどうですか」

「ありがとう。けど、遠慮するよ」

「何か、ご用事ですか。できたら、一緒にいてくれたほうが……」

「どうして」

「……なんだか、タクヤが、まじめな話があるみたいで」

「だったら、きみが聞いてやればいい」

都ちゃんは困った顔で、訴えたいことを口にできない自分がもどかしそうに、両手を揉み合わせたり、両膝を交互に前後させたりする。

そのとき、舟作は違和感をおぼえた。立ちくらみに似ている。目の前の都ちゃんの両肩を押さえ、振り仰いだ彼女の顔を間近に見ながら、引き下ろすようにして、ともにしゃがみ込む。

え、と彼女が戸惑いの息をつき、目に期待の色を浮かべて、彼の胸に手を添える。

「じっとして」

舟作は、自分と彼女の頭部に手をやり、周囲を見回した。水槽はビルの裏手に設けられており、落ちてきたり、倒れ込んできたりするものはない。背後にドライスーツなどの器材一式を陰干しできる、プラスチックの庇《ひさし》のついた物干し台と、テーブルが置かれているが、それらが倒れたとしても、近くに人はおらず、いても怪我をするほどのことはない。タンクはすべて転倒防止用のゲージに収めてある。

「あれ、なに、してんですか……」

タクヤの動揺した声が聞こえた。戻ってきて、抱き合うようにしゃがみ込んだ二人を前に、目を見開いている。

「揺れてる、座れ」

舟作は厳しく言った。

「あ、地震すか。マジで？　なんも感じないすけど」

「え……そうなんですか……それで？」

都ちゃんが目を落とし、舟作の胸から手を離した。

錯覚ということがないではないが、まず間違いない。しばらく待つ。タクヤが座った状態で、なんも感じないっすよ、と言い、都ちゃんも、感じません、と小さな声で言う。

それ以上の揺れはなさそうなため、都ちゃんを放し、ショップに向かった。商品の並ぶ売り場内で、サーフボードに塗る冬用のワックスの在庫を調べていたらしい門屋が、間の抜けた顔を起こし、入ってきた舟作を見る。

「地震だ、テレビをつけろ」

「嘘だろ、全然揺れてねえぞ」

舟作は、売り場の裏手の事務所に進み、隅に置かれたテレビをつけた。地震速報が出るだろうチャンネルに回す。紅葉した山々が映し出され、お笑い芸人とアナウンサーが、きれいですねぇと呑気な声を上げている。門屋が追ってきて、ほら、何もねえよ、と言う。すると信号音が発し、画面の上部に、東北の県で地震が起きたとテロップが流れた。速報は重ねて出され、しばらく待つうち、番組が中断され、地震の報道に変わった。

東北の内陸部を震源地とする地震があり、震度は4。津波の心配はないという。つづいて各地の震度が発表され、ショップのある地域は震度2だった。

舟作の携帯が鳴った。満恵からだ。今日はこの時間、アパートに子どもたちといるはずだ。

「地震あったね」

「ああ」

「こっちは問題ないけど、そっちは」

「ない。子どもらは」

「双六で遊んでる。揺れたのも、わかんなかったみたい」

互いに気をつけるように言って、電話を切る。

門屋が感心したような、呆れたような顔をこちらに向け、何か言いかけ、首を横に振って、売り場へ戻った。


透子とのことがあった翌週の火曜日は、月が変わって霜月《しもつき》、晴れていれば半月が午後十一時頃にのぼり、時間を遅らせることで潜れる可能性がなくはなかった。だが朝から雨が降りつづけ、船は出せなかった。

次の週は、月が細過ぎる上、日中に沈むため、もとから予定していなかった。

いつもと同じ時間に布団に入ったその日、未明になって、舟作は眠りのなかにいながら、からだがかすかな揺れを察知して、瞬間的に跳ね起きた。

夜、寝るときには万が一を考慮して、常夜灯を点けてある。子ども二人をはさんだ向こう側で、満恵がからだを起こすのが見えた。

習慣的に天井を見上げる。電灯は揺れていない。部屋の隅に置いてある観葉植物ポトスの鉢を見る。揺れを感じたとき、現実か錯覚か、確かめるシグナルの一つにしている大きい葉が、小刻みにふるえていた。舟作は満恵と目配せをして、隣に寝ている暁生の上に覆いかぶさった。満恵は、彼女の隣で寝ている水希の上に覆いかぶさる。

揺れが次第に大きくなる。窓のサッシがかたかたと鳴り、天井の電灯が揺れはじめた。部屋は、二階建てアパートの二階の中央にあたり、窓には飛散防止のシートを貼ってある。天井の電灯は、補助のチェーンを付けて落ちてこないようにしてある。タンスなどの家具も倒れない工夫をしており、もしもの場合も、寝ている者が決して下敷きにならない場所に配置してあった。

体感で震度4と判断した。子どもたちは眠ったまま起きない。満恵と目を見交わす。あと震度一つ分、揺れが大きくなれば、子どもを起こすことを無言のうちに了解し合う。足もとの手が届くところには、ビニールの包みを置いてある。なかには、家族それぞれの非常用の靴が入っている。

ドアの枠や窓枠が歪んで開かなくなると、逃走経路が確保できずに困るので、満恵に暁生のことも任せ、ひとまず窓の鍵を開けて、人が通り抜けられるくらいに開いた。冷たい風が吹き込んでくるが、構わず暁生のそばに戻り、さらなる揺れに備える。

揺れが収まってくる。舟作は立って、このあとの余震に備え、玄関ドアも開けた。

満恵が、子どもたちを見守りながら、こうした場合のために枕もとに置いてあるテレビのリモコンを取り、隣の部屋のテレビをつける。寝る前に、地震のおりには速報が放送されるチャンネルに合わせてある。震源は北側の隣県の内陸部で、震度は5だった。しばらく待つうち、舟作の住んでいる地域はやはり震度4と出た。津波の心配はない。

天井の電灯はもう揺れておらず、ポトスの葉もふるえていない。さらに待ったが余震は来なかった。舟作は、窓を閉め、玄関ドアを閉めに立った。布団に戻る際、満恵を見た。暁生と水希をかばう姿勢を保ったまま、放送に変化がないか、なおもテレビを注視している。モニターの光を受け、顔が青白く浮かんでいる。敵に対して本能的に仔どもを守る姿勢をとった、野生の獣の牝を思わせる。

彼女が、立ったままの舟作に気づき、顔を振り向け、どうかした、と目顔で尋ねた。何でもない、と舟作は目で答え、横になる。

地震発生の際、二人は言葉を必要としなかった。四年八ヵ月前からずっと繰り返されてきた経験によって、身についた習慣だった。

舟作は手を伸ばし、妻からテレビのリモコンを受け取る。彼女は緊張を解き、子どもたちに身を寄せたまま眠りに戻る。テレビの音声だけを消して、舟作は目を閉じるが、警戒は解かずにいる。

このあと一時間半ほどすれば、満恵が起きるだろう。舟作は彼女と交替で眠る。さらに一時間半ほどして舟作が起きたとき、何もなければ、二人そろって眠るし、もう朝になるようなら、二人とも起きる。そのようにして、彼らは暮らしてきた。

舟作は目を開き、隣で寝息をたてている三人を見た。水希がいつのまにか満恵の向こう側に移っており、子ども二人が両側から母親をはさむかたちで眠っていた。

十一月第三週の火曜日、月が夜九時過ぎには沈むため、やはり船を出す予定はなかった。翌日が門屋のショップの休日にあたるため、勤めていたタクヤの送別会が開かれた。

秋以降、マリンショップは客足が遠のく。ダイビングスクールは土日のみの開講となり、それでも人は集まらない。舟作はダイビングを教えるより、釣り人のためにクルーザーを運転することが多くなる。同様にダイビングを教える立場の都ちゃんとタクヤも暇になり、サーフィンやダイビング用品の売り場で働ける契約になってはいるが、そのぶん給料は安くなる。門屋も経営者として、厳しい雇用条件の設定は仕方ないらしい。

給料の問題より、することがない暇な時間を持て余してだろう、タクヤが先週、辞めることを申し出た。これまで何人も辞めていったので、門屋も舟作も若者の心情は理解している。都ちゃんもすでに二人の同僚を見送っていた。

送別会の席で、タクヤはひどく酔っ払い、ゴールデンウィーク前にはおれの力がゼッテー必要になりますから、戻ってきますよ、と門屋の肩にもたれかかって何度も言う。そのときまでにインストラクターの正式な資格を取って、ゼッテー瀬奈さんを超すダイバーになってますから、と舟作に向かって三度、四度と宣言する。わかったわかった、そんときゃ舟作を下っぱにして、タクヤをチーフにするからな、と門屋がとりなす。ゼッテーですよ、それ約束ですよ、とタクヤがからみながら、チラチラと幾度となく都ちゃんのほうをうかがっているのに、舟作は気づいた。

「タクヤが辞める本当の理由は、都ちゃんにふられたからだ」

送別会のあと、門屋に誘われ、二人で飲んだ。それぞれダウンジャケットを着て、ランタン型のライトを灯し、ショップの近くの砂浜に腰を下ろした。アルミのコップにウイスキーを注いで、門屋が水筒に用意した湯で適当に割り、腹の底に流し込んでは白い息を吐く。波音ばかりで確かな姿が見えない海の上に雲はなく、月はとうに沈んで、星明かりが鮮明に望めた。

「前から口説いちゃいたが、彼女はなびかない。最後の賭けで、八重山《やえやま》辺りの島で一緒に働こうと、先月の末、都ちゃんに求めたんだ。けど、無残な敗北だ。理由は、おまえさ」

「おれ？」

「タクヤのからみ方でわかるだろ。前に辞めた二人も、都ちゃんにふられて、いづらくなったのが一番の理由だ。都ちゃんは愛嬌があって可愛いし、おっぱいは大きい。なのに泳ぎで鍛えて腰はきゅっと締まってる。性格もいい。言い寄る男は多い。なのに誰も相手にしない。ほかでも十分働けるのに、給料が安くても、ここを辞めずにいてくれる。おまえに惚れてるからだ。あの子の気持ちは、おまえだってわかってんだろ」

答えず、波の音を聞く。海岸通りに沿って灯る街灯の光で、波打ち際がわずかに見えるだけで、それより先は、月がないせいでほとんど見えない。

「あの子は、彼氏がいるんじゃなかったか」

波音に耳を傾けたままで言う。

「ときどきな。一番求めている相手に、妻子がいるから、寂しさのあまり、後腐れのなさそうな淡泊な男と付き合ってみるのさ。ショップの同僚じゃ、つきまとわれるし、おまえにも、こんな奴が好きなのかと、馬鹿にされそうで怖くなる。どんな男といても、気持ちはいつもおまえを向いている。だから結局は別れちまう。その繰り返しだ」

「やけにくわしいな」

「おれも、こないだ、あの子に声をかけてみた」

「おい」

「寂しそうにしてたんだ。声くらい、かけないわけにいかねえだろ。フランス貴族の血を引く、現代のドン・ファンとしちゃあ」

「ズーズー弁の漁師の血を引く、変態のオッチャンだろう」

門屋は、二つ年上の妻と、中学一年の長女、小学五年の次女がいる。家では女たちに責められてばかりいると、いつも愚痴を洩らしている。口で言うほど遊んではいない。

「うちのマドンナだからな、元気づけようと飲みに誘ったら、店でぐずぐず泣かれて、おまえへの想いを延々聞かされた」

北風が少しある。波の音は高い。浜に打ち寄す白い泡は、厚みがあり、長く伸びる。

タクヤの前に勤めていた若者の送別会が終わった夜、都ちゃんに想いを打ち明けられた。若々しい肢体がダイビングのたび、目の前でひるがえり、ときにはこちらを頼る姿勢ですり寄ってきた。たぶんわざとだろう、豊かな胸を彼の腕や背中に押しつけてきたことも何度かある。まったく意識しなかったと言えば嘘になる。その夜は、完全に舟作に身を任せていた。誘えばどこへでもついて来たろうし、こちらの言いなりになることを望んでいる目をしていた。彼女の性格からして口は固く、秘密のまましばらく付き合うこともできたと思う。

どうした、酔ったのか、と、冗談として受け流し、タクシーに独りで乗せたのは、正直に振り返れば、満恵を裏切ることを恐れたわけではない。それも少しはあるが、彼を一番に縛ったのは、自分が生きていることへの後ろめたさだった。両親や兄や友人や顔見知りに対し、さらに罪を重ねるのを感じて、若いからだを欲するままに扱うことを、自分に許せなかった。それをして、さらなる罪の意識に耐えられる自信がなかった。

「彼女の気持ちに応えてやったらどうだ。一度だけでも抱いてやれば、彼女も想いが叶って、納得するんじゃないか」

門屋がさらりと、しかし真摯な声で言う。

舟作は湯で割ったウイスキーを飲み干した。

「しないね」

と答え、さらに注ぐよう、アルミコップを門屋に差し出す。

門屋が、舟作のコップにウイスキーと湯を注ぎ足し、どうして、と訊ねる。

「おれは、あとを引くからだ」

舟作は、飲み下した酒から立つ香気を、噛みしめた歯の奥で苦々しく味わった。

「おれがじゃない、相手がだ。一度経験したら、女はまた抱いてほしくなる。べつにおれのは、でかくない。おまえより小さいだろ。そのぶん誠意を尽くす。海に潜る要領だ。はじめは丁寧にふれ、静かに入ってゆく。ゆっくり穏やかに、相手を波のように思い、その揺れや、動きを確かめながら入ってゆく。相手の性質や癖を見極めたら、あくまで慎重に、しかし力強く、潜ってゆく。深い場所でうねる流れをつかまえたところで、もう躊躇せず、相手が自分でも知らないポントにぐいぐい潜っていき、誰にもまだふれられていない宝を探し当てる。すると相手は、もうおれでなきゃだめになる。若い娘ならなおさらだ。虜《とりこ》さ、めろめろだ」

門屋が気を抜かれたように黙っている。舟作はこらえきれず、つい噴き出した。

門屋が気づいて、つめていた息を吐き、

「ふざけんなよ、この野郎っ」

と、舟作の背中をどやしつける。よせよ、こぼれるだろ、と舟作はさらに笑って、

「門屋、頼みがあるんだ」

「いやだね。絶対に聞いてやらねえ」

「おれに万が一のことがあったら、家族の先行きを、見てやってくれ」

門屋には、あの海に潜っていることは話していない。話せば、きっと止めるはずだ。海での仕事は、どんな場所であれ安全とは言い切れないから、ショップでの仕事のことだと、うまく誤解してくれるだろう。

「こんな海に潜るくらいで大げさな奴だ。言われなくても、親戚だ、ちゃんと見るさ」

「おれに、満恵を連れてきたみたいに、都ちゃんにも、いい相手を見つけてやれよ」

門屋が首を横に振り、自分のアルミコップにもウイスキーと湯を注ぎ足した。

「それがいねえんだ。人間が幼くなった話は前にもしたが、若い男は、とくに色恋に関しちゃあ全然子どもだ。おねえちゃんたちが、精神的に余裕のある大人の男になびくのは仕方がねえよ」

「おれたちだって子どもだったさ。子どもだから、互いに成長する時間を共にできる。その時間の積み重ねが、先の長い道行きの財産になる。それを諭《さと》して、若い奴同士をくっつけてやるのが、大人だろ」

「据え膳食わずにあきらめろ、ってのか。もったいねえなぁ、大人になんかなりたくねえなぁ」

嘆く門屋の厚みのある背中を、舟作がどやしつける。こぼれるこぼれる、と門屋が声を上げ、崩れた姿勢で、あっ、と空を指差した。また願い事はしそこねた。

2

霜月最後の火曜日、月齢は十二日で、あと三日で満ちる明るい月が晴れた空にのぼり、海も凪いでいることから、舟作と文平は小型ボートを波に乗せた。

前回と同じポイントに潜ることを、舟作は主張した。

「味をしめたか。柳の下にそう何匹もドジョウはいねえぞ」

舟作なりに覚悟があってのことで、主張は変えなかった。

文平も、漁獲のあったポイントは何度でも挑むのが漁の常道であるため、苦笑しながら反対はせず、ほぼ同じ場所に小型ボートを留めた。

前回、舟作が見た海底の小山の連なりは、海水にまた細かい粒子が多量に混じっていたため、水中ライトの光が遠くへ届かず、目にすることは叶わなかった。

透子の夫の外車と、ワンボックスカーも、すぐには見つけられなかった。北に東にと少しずつ移動して、光の輪のなかにようやく捉えたときには、互いの車の重なり方が以前と違っていた。外車のボンネットに、ワンボックスカーが屋根を下にして載っている形だったのに、ワンボックスカーは外車の上から落ちて、横倒しになっている。

先日の二度つづけて起きた地震の影響が考えられた。報道されない小さな揺れが、頻繁に起きていた可能性もある。慎重に二台の車に近づく。動きに変化があったため、車の周辺に埋まっていたものが、表面近くにのぼってきていることを期待した。

二台の車の近くで砂と泥を払っていく。潮の流れにからだが浮き、沖側へ持っていかれそうになる。一つところに長くいることが容易ではない。着底している周辺をライトで照らし、岩場のような、つかむのに適したモノを見いだす。形状から考えて、テーブルの角かもしれないし、電化製品の一部かもしれない。左手でつかんで、右手で砂や泥を払いつづける。

小石がつづいたのちに、小さな犬の置物と、陶製の破片が幾つか出てきた。その近くで、形のひしゃげた怪獣のレプリカモデルも現れた。だが固い泥の層に当たったため、場所を変えることにした。外車の反対側に回り込むのに、沖側に転げたワンボックスカーの、さらに沖側を迂回しようとして、これまでより強い潮の流れを感じた。

ライトを向け、海底の地形をたどってゆく。ゆるやかな下りの傾斜がつづくかと思うと、いきなり海底の地面が消えていた。実際は、そこから急角度で深みに落ちているらしい。引き込むような流れがあるため、近づくことは危険だ。

以前から少しずつ進行していた地形の変化が、地震の影響で一気に進んだ、ということかもしれない。比較的流れが強くない外車のそばまで戻り、探索をつづけた。

歪んだ眼鏡のフレームが出てきた。補聴器がつづいて現れる。さらに印鑑のケースが出てくる。ケース内には印鑑が残っていた。

辺りを集中して掘る。腐食して、元の形がわからなくなった金属類がつづく。あきらめかけたとき、泥のなかに小さく光るものを見つけた。

形からして、指輪の台座に思える。まず写真に撮った。次に慎重に泥を払ってゆく。透子の夫の指輪のデザインを思い出しつつ、光る輪をグローブの指先でつまむ。細工が崩れないよう慎重に泥のなかから引き抜いた。

どんなデザインもほどこされていない簡素な結婚指輪だった。たぶん金製だろう。珠井がこのような指輪をしていた。いや、多くの夫婦が似た指輪をしている。指輪の内側に、名前か何かが刻印されているのではないか。

手首に巻いたダイブコンピューターが、アラーム音と警告ランプの点滅により、決められた潜水時間の終了を知らせる。このまま指輪を持ち帰ったほうが早い。

珠井の困った顔が思い出された。カメラを接写モードに切り換える。海流に揉まれるなかで、安定した姿勢は取りづらい。指輪の内側に正しくピントを合わせるゆとりがないため、ともかく角度を少しずつ変えてシャッターを切った。

このあと本当に指輪は海底に返すべきなのだろうか。もし珠井の妻の指輪だったら、と考えた。珠井には、少しくらいの規則違反が認められるべきではないのか。BCのポケットに指輪を入れかける。だが、海から上がったときに、海上保安庁か水上警察隊が待っていて、持ち物を検査されたら……。

迷ううちにも、アラーム音が高くなる。舟作は、あおり足で透子の夫の車に近づき、ガラスのなくなった窓から半身を入れて、開いたままのダッシュボードのなかに指輪を置き、扉を閉めた。

小型ボートに上がったあと、また文平の小言を食った。

今度遅れたら、もう組まねえぞ、と言われ、珠井の妻のものである可能性がある指輪を見つけたことを告げた。とたんに文平は怒りを収めて、指輪は持ってきたか、と問う。舟作の返事に、彼はまた怒りだした。

「何でだよ。いったん持ち帰って、珠井さんに見せてやりゃあいいだろ。違ってりゃあ、戻せばいいんだ。あの人がどれだけ今回のことに骨を折ったと思ってんだ」

意外だった。文平がそんなふうに珠井に心を懸けていたとは知らなかった。

「だから、わかるところに置いてきた。求められれば、取ってこられるところだ」

「だったら、いまから、ぱっと取ってきたらどうだ。行って帰って五分とかかるか？」

「三分の安全停止を入れれば、七分か、八分。だが、からだに溜まった窒素をいったん出す時間が必要だ。すぐは潜れない」

「そんなに深いところを潜ってきたわけじゃねえだろ、カカアなんぞ何本も連続して潜って平気だったぞ。ちょちょいと行ってこれねえもんなのか。本当に珠井さんの女房のものだったら、ボーナスが期待できるぜ。あと、口止め料もな」

文平がずるそうな笑みを浮かべた。そういうことか……。腹が立つより、彼の気性に慣れていながら、珠井に同情しているのかと誤解した自分が滑稽に感じられる。

「いや、金目当てで取ってくるつもりはない」と答える。

文平は、よくわかってると言いたげに、二度三度うなずき、

「いいんだいいんだ、おまえは気持ちで潜ってくりゃあな。向こうが察するよ」

目の端を光がよぎった。

舟作はとっさにしゃがみ、点けてあったLEDライトを消す。文平もしゃがんで、なんだなんだ、とひそめた声で訊きながら、光が差してくる方向を振り返る。

〈光のエリア〉と正面に向き合う海上に、中型の船舶の光が見えた。遠方より近づき、強烈なライトを防波堤のほうへ向けて、端から端まで点検するように照らしてゆく。

どうやら、こちらのボートはまだ見つかっていないらしい。

「警備だな」

文平がささやき、狭い小型ボート内を移動して、オールを取って漕ぎはじめる。

舟作は座ったままダイビングの装備を外した。音に関しては、工事現場で聞こえるのと似た音

が、〈光のエリア〉から途切れることなく響いてくるので心配はないが、エリアから洩れる光と月光とで、注意深く監視が見回していけば、舟作たちの小型ボートが視界に入る可能性は高い。

「代わろう」

身軽になった舟作は、文平と交代してオールを握った。文平が潮を読み、できるだけ早くこの場から去れる方向へ、舟作を導く。

取り調べを受ける羽目になった場合、夜釣りをしていたと言い逃れるため、文平が船底から伸縮式の釣り竿を取り上げる。一方で、引き上げた品物をいつでも海に捨てられる準備をする。

警備の船は、通報でもあったのか、あるいは定期的な見回りなのか、〈光のエリア〉の近くを離れず、舟作は明るい月の下、黙々とオールを漕ぎつづけた。

仮眠を取ってホテルに到着したとき、腕の筋肉はまだ軽い炎症を起こして張っていた。

コンビニの駐車場で着替えた厚手のシャツと綿パンツの服装で、ホテルに入る。玄関内側の正面ロビーには、気が早くクリスマスツリーが用意されていた。

喫茶ラウンジのほうに目をやる。透子がいた。淡紫の薄手のセーターに、濃いグレーのパンツを合わせ、髪はまとめず肩へと流している。パーマをかけたのだろう、栗色の軽いウエーブが彼女の白い頬と首を柔らかく包んでいる。

透子が、舟作に気づいて立ち上がる。愁《うれ》いと羞じらいの表情が交錯する。

舟作は、彼女に歩み寄った。透子のほうが驚き、からだを心なし固くした。

「指輪が見つかりました」

と告げる。彼女が不安にならないよう、すぐにつづけて、

「あなたの求めている指輪じゃない。でも、見てほしい。カメラで撮ったから。そのあと、会えますか。少しだけ話があるので。あのホテルの……」

さっきまで意識していなかったのに、そこでしぜんと言葉が途切れた。

透子の瞳がふるえている。あの部屋で、あのあと彼女が我に返り、自分を責めたり恥じ入ったりした内省の時間が、その瞳のふるえ具合に感じ取れる。あの部屋で過ごした時間を何でもなかったことのように、慰めたり、言い繕ったりするのは、かえって傷つける気がした。自分も、彼女と過ごしたあの空間と時間をむしろ大切に思いたい。だから、

「いつもの、まずいコーヒーを飲ませる喫茶室で」

と告げた。彼女の瞳のふるえが穏やかになり、深いまばたきのあと、止まった。

腕時計に目を落とす。珠井と話し、文平に金を渡し、またこの街に戻ってくる時間を計算する。会員たちが品物を見て、珠井から話を聞く時間に余裕を見て、三十分ほど舟作がどこかで暇をつぶせば、ちょうど合うはずだ。時間を指定すると、透子は何も問わずにうなずいた。


「この指輪は、妻がしているものと似ています」

珠井が、パソコンにアップした写真を見つめ、指を画面にふれそうなほど近づけて答えた。

舟作は、彼の隣で、指輪が見つかったときの状況を語り、海に残してはきたが、いまならまだ取ってこられる場所に置いてきたこともあわせて伝えた。

指輪の内側に刻印された文字を撮影した写真を、珠井が確認してゆく。ピントが合わず、ぼけ

ている。だが、どうにか読めるものが二枚あった。珠井は、その二枚を交互に画面に写して読み取り、つめていた息をゆっくりと吐いた。

「妻のものではありません」

失望より、安堵のにじむ声に聞こえた。

「瀬奈さん。家内のものでないとわかってから申すのは、卑怯に聞こえるでしょうが、特別扱いは無用です。貴金属は出てきたところへ戻す。この方針でよろしくお願いします。あの海底の状態のなかで、何かしら見つかるのは、ある意味で縁《えん》のように思います。一度見つかったものが、二度と見つからなくなるのも、同じように縁と考えるほかに、このような行為の公平性を保つ道はありません」

「わかりました」

珠井の愚直なほどきまじめな視線を、舟作はまっすぐ受けて答えた。

そのあと今後のスケジュールについて相談した。来週、十二月初めの火曜日、月もそこそこ明るいので、天候次第で潜れるだろう。ただ、その日を逃すと、年末にまで延びてしまう。

文平が言うには、十二月に入ると、あの辺りは波が荒くなる。漁船で漁をするのに問題はなくとも、深夜に小型ボートを出し、岸辺近くに留まる、さらには潜る、となると、さすがに危険だという。波の状態は、一月二月と悪くなり、三月に入ってようやく落ち着いてくるだろう。だから、年末も波次第では見送り、以降三月下旬まで休んで、桜の開花の頃に再開の方向で考えたほうが無難、というのが文平の見方だった。少しでも臨時収入を求めたい文平が言うのだから間違いない。珠井もそれを認めてだろう、

「では、十二月から三月いっぱいは、中止しますか。今回でお休みしますか」

と、用心深く休止時期を長めに見積もる。

「年内に、もう一度は潜れると思います」

舟作は答えた。このことに関しては簡単に折れるつもりはない。

「波の具合はいまは問題がないので、様子を見ながら判断したいと考えています。あと少し気になっていることがあります」

先日の地震の影響もあってか、海底で地滑りが起きているらしい場所がある。休みのあいだに、さらに様子が変わってしまう可能性があり、その場合、これまでの目標物が失われることが考えられる。だからこそ、長期の休みの前に最低でも一度は潜っておきたいのだと、舟作は話した。

「海のことはお任せします。ただ安全第一にお考えください」

と、珠井は了承した。

舟作は、小型トラックに乗って北上し、ファミリーレストランで文平に金を渡した。スケジュールの件を伝え、ソファから立った彼を、まあ座れ、まあ座れ、と文平が止める。

実はよぉ……と、彼が面倒くさそうな表情とは裏腹に、伝えたくて仕方がない声音で語りだしたのは、ギャンブルで多額の借金を作って消息を絶っていた息子の健太郎が、今朝、舟作が家を出たあとに、電話を寄越した、というものだった。

「ともかく、生きてはいたってことだよ。場所は言わなかったが、マンションの建設現場で働いているらしい。復興地域だけじゃなく、オリンピックだなんだで、あちこち建設バブルだからな、大した身分証明がなくても、雇ってもらえるらしい。一度に全部は無理でも、少しずつ金は返すから、なんて殊勝なことを言いやがってよぉ」

よかったじゃないか、と舟作が言う。

文平は嬉しいに違いないのに、ばか言え、と苦り切った顔をして、だめだ、だめだ、と顔の前で手を横に振る。

「カカアは、オリンピックが決まったとき、うちらの復興の人手が取られるって、怒ってたんだ。あと何年掛けるつもりだ、ってな。それが急によ、人手不足になったおかげで、健太郎が雇ってもらえたんだから、よかったね、だってよ。バカかおまえ、って怒鳴りつけてやった。復興だなんだの前に、まず海が汚れてなきゃ、健太郎は漁師をいまもやってんだ。地道に漁をやって、舟作ンとこみてえな、できた嫁もらって、いまごろは孫、抱けてんだよ。そう言ったら、カカア、おいおい泣きだしてな、いまさら仕方ないじゃないか、ってよ。仕方ないで済みゃあしねえよ。けどまあ……生きてはいたからな。あんなバカでも、生きてりゃあ、なんとかなるよ。そうじゃねえか、え」

文平の、愚痴とも、親馬鹿な一種ののろけとも取れる話は、とりとめもなくつづき、舟作はどこかでつぶそうと思っていた三十分の時間を使って、文平と別れた。

3

透子はまだ来ていなかった。

喫茶室の窓際と、その隣のテーブル席それぞれに客がいた。舟作は出入口に近いテーブル席の椅子に腰を下ろした。小太りの女性従業員は休みなのか、投げやりな印象の初老の男が、注文を取りにきた。コーヒーを頼む。男が去ろうとしたところへ、透子が現れた。

彼女は、舟作の注文を確かめ、同じものを、と男に頼んだ。

「お待たせしました」

透子が会釈をして、彼の向かいの椅子に腰を下ろす。

「指輪の写真、拝見しました」

顔色はいつもと変わらず白く冴え、決して上気しているように見えないのに、冷たい興奮状態にでもあるのか、目をやや見開き気味にして、抑えきれない様子で語りだす。

「あの指輪、どなたのものか、ご存じですか」

「いや……」

「実は、会員の女性の、旦那さんのものだとわかったんです」

へえ、と声にならない吐息が、舟作の口からしぜんと洩れた。

指輪の内側に刻印された名前が読み取れて、わかったのだと、透子は語った。

「その方、わっと泣きだして、指輪はどこですか、どこにありますかって、珠井さんに取りすがるように訊きました。もちろん珠井さんは、貴金属は持って帰れない約束であることを告げました。その方は納得なさらず、なぜ夫のものを持ち帰ることが許されないのかと、彼に迫りました。他人のものではない、わたしの夫のものだ、裁判でも絶対証明できるものなのに、なぜって……。珠井さんも、ほかの会員の方も、わたしも、お気持ちがわかるだけに、なんとも言いようがなくて。珠井さんはただ、申し訳ありません、と言われるばかりでした。するとその方は、指輪はどこかに隠しているんだろう、と、妄想につかれたように口走って、指輪を売って金にする気だろう、出せ出せと、珠井さんをぶとうとさえしました。周囲の方が、懸命に取りなそうとしたけれど、その方は気が高ぶってか耳を貸されず、せっかく結婚指輪が見つかったのに持ち帰ってもらえないなんて、何のために高い負担金を払ったかわからない、支払ったお金を全額戻せと要求されました。珠井さんは……返還してもよさそうでしたけど、彼のお友だちらしい別の会員の方が、そういう約束ではない、そんなことをしたら会が存続できなくなる、とおっしゃって。ほかの方も、彼女を慰めたり、説得したりして、ひとまずその場は収まったのだけれど……わたしたちが以前から危ぶんでいた会のあり方、いわば会の弱点を突く出来事でした」

そんなことがあったのか……。舟作は、珠井の苦衷を察した。

「会員のお一人が、ご自分の場合も考えられてでしょう、指輪をいったん持ち帰って、誰のものでもないとわかった場合に、海に戻す、というのではだめなのか、と疑問を口にされました。そのままでは疑念や不満が膨らむばかりだと考えられたのでしょう、珠井さんはその場で、どちらがよいか、会員の総意で決めたいと思います、と話し合いを求められました。すると、高齢の会員の方が、話し合いは、それぞれ大切な人間の思い出話がからんで長くなるものだ、要点だけまとめ、決を採ろうと提案されて、皆さん、賛成されました。そして、会の存続には何が必要か、何をルールとすべきか、たとえば、どれほど高価な貴金属でも、会員の自己申告だけをもって、その会員の所有に帰していいのかどうか……そんな要点が語られ、挙手で決が取られました」

「お待ち遠さまでした」

初老の男がコーヒーを二つ運んできた。テーブルに置くとき、舟作側のカップから少しコーヒーがこぼれ、ソーサーを濡らした。男は気づかなかったのか、知らないふりをしたのか、そのままにして去ろうとする。

「あの、こちらのコーヒー、こぼれましたよ」

透子が注意した。「持ち上げたとき、この方のズボンが濡れるかもしれません」

男は、恥ずかしそうに目の周辺に皺を寄せ、失礼しました、と、舟作の前のコーヒーを持って、取り替えに戻った。

「こういうズケズケしたところを、夫は嫌っていたけど、言わずにはいられないんです」

透子が自嘲気味に口にする。

「いえ、言ってもらってよかったです。で、どうなったんです、採決の結果は」

「全員が、いままで通りのルールでいいと。貴金属や財布や金庫は持ち帰らない」

「あなたもそれに」

「ええ、賛成しました」

男があらためてコーヒーを運んできた。早過ぎる。作り置いているものを、カップに注いだだけだろう。そのことにまで文句はつけられない。

男が去り、コクも香りもほとんどないコーヒーに口をつけたのち、舟作は切り出した。

「今回潜ったとき、あなたの夫、ご主人？　何と呼べばいいかな……旦那さん、の指輪を、探しました」

透子が眉を上げて、舟作を見つめる。

「前回も、探すなと言われたことが気になって、つい探したけれど、今回は、意識して探しました、見つけようとした……」

「なぜですか」

「それがよいと思ったんです。ちゃんとした言葉にできないけど……あなたの指輪のデザイン、木とか草とか鳥とか、男と女とか、何かの絵でしたよね」

「ええ、インドの神話を題材とした絵から採ったものです」

「その、木とか鳥とかは、あれでしょ、別の意味があって。何て言うのかな、それ」

「シンボル、ですか。木は、生命を。鳥は、自由を。男女は、愛を表すという……」

「ええ、そう。つまり、指輪を見つけることが、シンボルになる感じがしたんです」

「何のです、何のシンボルだと思われたんですか」

「深く問われても、困るというか。いい加減なわけじゃないけど、曖昧な感じはあるんで、わかってもらえないかもしれないけど……答えの、シンボルかな。こないだ話したでしょ、あの海に潜ることにしたのは、いろんなことの答えが見つからないかと思ったからだって。あなたが今後どう生きていくのか、その答えを出す指輪は、だったらおれにも、いろんな問いに対する、答えのシンボルになる気がした……」

透子はまだよくわからないらしく、細い首を傾げた。

「わたしは、指輪が見つかれば、夫の死を受け入れ、再婚を考える、だろうと思います。でも、瀬奈さんは、どんな答えを、指輪から導かれるつもりですか」

舟作は、自分の内面に目をやり、曖昧にごまかしている答えを探った。内側の水底に堆積した砂と泥を払ってゆく。透子に見つめられて焦り、早く答えを出さねばならないと強く払い過ぎてしまい、舞い上がった砂と泥で、視界がさえぎられる。

おぼろにかすんだ彼方に、透子の顔がオーロラの光のごとく揺れている。

舟作は、つかめないとわかっていても、はかない希望に似たときめきをおぼえ、手を伸ばそうとして、ふと止めた……。

「あなたを、あきらめる」

「え……」

訊き返す彼女は、かすかな痛みを感じたように、薄い紅をさした唇をわずかに開き、端麗な眉を寄せて、誘惑的だ。だが、海底からつかみたいと願う光は、海面のすぐ上にあるかに見えて、現実には宇宙の彼方にある。あまりに遠い。

舟作は目を伏せ、かゆくなってきた頭を指の爪で掻いた。

「おれは、何かをあきらめなきゃいけない……そう、思ったんです。あの海に潜るようになって、だんだんそんなふうに思えてきた。いまのようじゃなかった暮らしとか、いまとは違っていたはずの人生とか、こうではなかっただろう周りの人間関係とか、そういったものを、おれはずっと、もう一度つかもうと、あがいてきたんです。でも、水のなかにふわふわ浮かんでいるようにではなくて、底にしっかりと足をつけて見回せば、おれにあるのはやっぱり、いまの暮らしだし、いまの人生だし、いまの人たちなんだと思う……。それを受け入れるべきなんじゃないか。いや、そんなことは頭ではわかってる。でも、からだの感覚で、受け入れるのは難しかった。あきらめるのは、簡単じゃない。気持ちを切り換えるなんて、口で言うほどラクじゃない。だから、指輪を見つけたら、と思った。指輪が見つかれば……あなたはもうおれの前に現れなくなる。あきらめざるを得ない一番のものになる。いろいろなことをあきらめていくことに、そこから慣れていくだろう。そんな気がした。ただ……」

言葉を切って、彼女を見ようとする。見たいと思う。だが、こらえる。

「見つからない可能性が高いものに、そんな願いをかけるってのは、本音では、あきらめたくない想いが、まだ強いってことかもしれない……」

言ってしまって、言うべきではなかったと後悔する。逃げ出したいが、逃げられない。目の前の薄いコーヒーを口に運ぶ。苦く感じる。

「それって……」

透子が言いかけて言葉を切った。

汚らわしいと思われるだろうか。さげすみの目を返されるだろうか。恐れと覚悟をもって、舟作は目を上げた。

透子も目を伏せていたが、彼の視線を感じてだろう、目を上げる。眼差しに拒否的なものも、冷たさもない。優しい好意が瞳のうちににじんでいる。

「わたしを、あきらめたくない想いが強い、ということを、おっしゃってくださっているんでしょうか」

彼女の声に性的な濁りはない。からんでくる粘りもない。もっと澄んで、さらりとした、率直な感情が表れている。

「であれば、嬉しく思います。瀬奈さんのような方に、そう思っていただけて、女として、誇らしく感じます」

彼女もまたあれ以来悩んでいたのだろう。舟作のことをどう考えるべきか、どう接するべきか、また彼女のことを舟作がどう想っているのか、混乱するばかりで濁っていた彼女の思惑が、舟作の告白を受け、ようやく落ち着く場所を得て、穏やかに澄んでいくのが感じられた。

舟作としても、上手く受けてもらえた気がした。恥ずかしくはあるが、自己嫌悪にはいたらない。照れることが許される雰囲気に、ほっとする。気持ちのゆるみから、照れを笑みでくるんで返した。

「あくまで、シンボルの話なんで……」

彼女も柔らかな表情でほほえむ。

「はい」

と、膝の上で手を合わせ、気持ちを受け取ったというようにうなずいた。

抱くことではかえって得られない、心の通った結びつきを感じて、舟作はだからこそ冷たい現実もいまなら伝えられると思った。

「でも、チャンスは多くありません。これから波が荒くなって、潜れなくなるんで。十二月に、うまくすれば二度。天候に恵まれなければ一度きり。どちらも延期になれば、次は、来年のたぶん四月……つまり、あなたが言っていた、五年目の時が過ぎてしまったあと、ということになる」

彼女の顔が緊張に締まった。それもまた美しい。

「なので、潜れたときには、全力を尽くします」

舟作は、自分に言い聞かせるつもりもあって語気を強めて言った。

「お願いします」

透子は、かすれる声で答えて、頭を下げた。

舟作は、ラブホテルのベッドで妻を抱き、耳もとで、満恵、と呼んだ。

彼女の腕が背中にからみついてくる。もう一度、満恵、と呼ぶ。

妻は、脚を舟作の腰にからめて、彼の頬を両手ではさみ、顔を見つめた。互いの鼻先がつく近さで、からだがつながったまま、妻は舟作の目の奥を見据える。そこに映っているのは確かに自分であるのかどうか、切なげな瞳で見極める。

やがて納得したのか目を閉じて、唇を大きく開き、舟作と唇を合わせ、深く彼の舌を求めた。かつて彼女がそこまでしたことがあったかと思い出せないほど激しく、自分の舌で夫の舌を抱きしめる。

妻が舟作の腰に手を回し、自分のほうへ抱き寄せる。不意に、彼女のからだがこれまでより、もう一段開かれるのを、舟作はからだの敏感な部分で感じ取った。もう十二分に妻のことは知り尽くしていると思っていた。なのにまだ開かれていない場所があったことに驚く。妻は目を閉じている。彼女ももしかしたら無意識かもしれない。

がむしゃらに性に振り回されていた若い頃にはもちろん、愛を熟知したつもりのあとでも、それだけではまだ足りないものがある。共に歩んだ歳月や、共に経験した悲しみ、それぞれが踏み入ることのできない領域を持っていることへの尊重と、けなげに生きるほかはない生き物としての自分と相手に対する哀れみなり、慈しみなりがあってこそ、ようやく開いていく部分が、人間のからだの底の底には秘されているのかもしれない。

舟作は、二つの命のあいだに少しの隙間もなくなるほどに、妻を抱き寄せた。さらに満恵が、二つを一つにしようとするように彼を抱きしめる。お互いを、自分の内側の奥なる場所へ、自分独りでは決して見いだすことのできなかった、深くて、暗い、けれど相手の存在によって初めて光を帯びて輝きだす世界へ、受け入れていった。

4

十二月最初の火曜日、用意はすべて整っていたが、海に出る直前、雨が降りだした。

舟作は、珠井に連絡を取り、十二月最後の火曜日、波を見て、潜るかどうか決めると告げた。よろしくお願いしますとだけ、珠井は答えた。

クリスマスは、満月のはずだったが、朝から雪が淡く舞った。

前日の夜、水希には野鳥図鑑、暁生にはサッカーボールを、枕もとに置いた。朝になって、サンタさんが来た、サンタさんが来た、と、二人は雪のなかを跳ね回った。

水希は、冬には鳥がたくさん渡ってくるから、バード・サンクチュアリに行きたいと、図鑑を手に、両親にせがんだ。

だが、冬休みはサーフィンとフィッシングの客が増えるため、門屋のマリンショップは年末年始も開いている。舟作のシフトも変わらず、二十九日火曜の午後から、三十日にかけてだけ休みをもらえるが、その日はあの海に潜る、今年最後のチャンスだった。

満恵のパート先も、冬休みは賑わう。学童保育が休みとなる年末年始に、職場に無理を言って休みをもらうため、その前後は時間を延長して働かねばならなかった。

せっかくの冬休みなのにぃ、と訴える子どもたちに、仕事だから、と言い聞かせる。生まれ故郷を去らざるを得なくなって以来、我慢することが習い性になった二人は、親が強く言うと、ささやかなわがままさえこらえるのが不憫《ふびん》に思えた。

正月を三日後に控えた師走《しわす》最後の火曜日、舟作は仕事を昼で上がり、門屋に借りた小型トラックを運転して、アパートの近くまで戻った。コインパーキングに小型トラックを駐め、アパートの部屋で三時間ほど仮眠を取る。

夕方、学童保育は休みに入ったので、児童館へ昼から遊びにいっていた水希と暁生が帰ってくる。二人と遊んでやるうちに、パートのあとで買い物をしてきた満恵が帰ってきた。子ども二人を風呂に入れているあいだに、満恵が夕食の支度をし、四人で食卓を囲む。満恵が食器を洗う。舟作と子どもたちが一緒に、テーブルを片付け、布団を敷く。

子どもたちが、本を読んでくれと舟作にせがむ。字を読むと頭が痛くなる、と、いつものように断る。だったら何かお話をしてくれと、子どもたちはしつこい。今夜は、父が遅くに仕事で出かける、と知っている。だから執拗にねだる。海賊の話がいい、と暁生が言う。児童館で、海賊ごっこで戦い、勝利を上げたという。カーイゾク、カーイゾク、と暁生が言い、水希も声を揃える。

仕方なく、じゃあ海賊の話をしてやろう、と舟作は言う。子どもたちが喜ぶ。言ったはいいが、中身など考えていない。適当に思いつくまま、海賊二人が、光の島へ宝物を盗みにいく、と話す。

海賊が少ない、と子どもたちが文句を言う。選《え》りすぐりの、最高の海賊なんだ、と付け加える。光の島は、その王国全体を豊かにする宝物を持っていると言われていた、だから海賊は海から盗みに入った、ところが宝物はなかった、そこには……と言葉につまる。そこに何があったの、と子どもたちが訊く。

涙だ、と答えた。たくさんの人の涙だ、光の島では、人々の涙を集めて、少しのあいだだけ光る黄金を作ってる。どうして少しだけしか光らないの、と水希が訊く。涙は乾くだろ、だから涙で作られた黄金は、少し経つと光らなくなる。そんなのいらないよ、すてちゃえ、と暁生が言う。捨てると、それはくさい臭いを放つんだ、だから捨てるとみんなが困る。えー、と子どもたちが声を上げる。

海賊たちもがっかりした、と舟作は適当な話をつづける。ここに宝物はない、別のところに行こう。どこに行くの、と子どもたちが声を合わせて訊く。海賊は、島のまぶしい光に目がくらみ、暗い海の森に迷い込んだ。海の森には、波から生まれた白い鳥がたくさん暮らしていた。パパ、その鳥たちは飛ぶの、何してるの、と水希と暁生が交互に訊く。

白い鳥は、小さな思い出の実をくわえて、運んでいた……人々の小さな思い出が、くだものみたいに生《な》る木があって、その実をくわえて、飛んでいく。小さな思い出って、何のこと。そうだな、水希が、サンタさんから野鳥図鑑をもらって嬉しかったとか、暁生がもらったボールで、お姉ちゃんとサッカーをして楽しかったとか、そういう一つ一つだ。

思い出の実をくわえてどうするの、鳥はどこへ飛んでいくの。二人に問われて、舟作は考え込んだ。テレビのニュースで観た、セールで賑わう大都会の様子を思い浮かべる。思い出を忘れた町だ、と答えた。思い出を忘れた人たちが暮らしている町があって、その上からくわえていた思い出の実を離す、ひゅー、ぽとん、と人々のあいだに実が落ちる。

落ちたらどうなるの、と暁生が訊く。多くの人は気づかない、思い出を忘れるくらい忙しくしてるから、いちいち気にしない。でも、ときどき気づく人がいる、気づいて実を割る、なかに思い出がつまっている。美しい思い出ばかりじゃない、悲しそうな思い出もある、けど悲しそうに見えても、やっぱり大事な思い出で、かけがえのなさに気づいた人たちは、この町にいちゃいけない、と気がつく。

気がついて、どうするの、と水希が訊く。海の森に行こうと願う、そこがふるさとのように思えて、帰ろう、と思うんだ。帰ったら、思い出たちが待っている、いろいろな思い出が、森のあちこちでクリスマスの飾りのように輝いている。みんなはここで暮らそうと思う、思い出を育てながら生きていこうと思う。

海賊はどうするの、と暁生が訊いた。海賊も、森に暮らすことにした。どうして、と水希が訊く。人と人が笑い合った思い出が宝物じゃないか、愛し合った時間を宝物と言うんじゃないか、そう気づいたからだ。それでどうなるの、と暁生が眠そうに目をこする。それでおしまいだ。えー、海賊なのに、戦わないの。わたしは、鳥が出てきたから、そのお話でもいいや、と水希が言う。ぼく、戦わないいんじゃつまんない、と暁生が口をとがらせる。つまらなくても、約束だ、もう寝ろ。

子どもたちが寝ついたあと、舟作はジャージーのズボンの下にインナーをはき、トレーナーの上にパーカーとブルゾンを着て、厚手の靴下をはき、サンダルを突っかけ、玄関に立った。満恵が送りに出てくる。気をつけてよ、と彼女が言う。無理しないでね。いつもは、そのまま送り出すのに、今夜は抱いてほしそうに待っている。舟作は彼女を抱きしめて、行ってくる、と告げる。道に降り、振り返らなかったが、きっと彼女は玄関の外に立ち、長く彼を見送っていただろう。

満月から四日目となる寝待月《ねまちづき》が、深夜になって空の高い場所にのぼった。風が少しある。雲は少ない。

文平の自宅前の庭に、小型トラックを乗りつける。文平が玄関から出てくる。

「さっき海を見てきた。ちょっと波が立ってきてるな」

「無理そうか」

「時間を追うごとに荒れてくる。安全第一なら、やめてもいい。おまえ、潜りたいのか」

「春まで潜れない。今日、潜っておきたい」

「まあ、なんとか大丈夫だろう。珠井さんには？」

「さっき、潜ると伝えた」

器材を荷台に積んでゆく。邦代が出てきて、いいお肉買ったからね、と言う。

舟作は、手を止めて彼女を振り返り、健太郎からそのあと電話は、と訊く。クリスマスにあったのよ、と彼女が嬉しそうに語る。せめて声のプレゼントだって、ばかよねぇ、と目尻が下がる。文平が、ふんと鼻で笑う。今度電話があったら、おれが会いたいと言ってたって伝えてよ、と舟作は言った。

準備を終え、邦代に手を振られて、車を出す。海岸通りを走ってゆく。月明かりに、人けのない家が照らされる。解体のはじまった家が一軒あった。

急なL字カーブにさしかかる。冬枯れした雑草のなかに、居住部分を失った住宅の基礎が変わりなくヘッドライトの光に浮かぶ。むきだしの鉄筋も、二階へ上がるコンクリートの階段も、遺跡のように残されている。

道路をはさんで反対側の、海に面した狭い土地は、嵩上げされた地面が平坦に整備され、木の苗がところどころ植えられて、緑地公園が完成していた。公園の中央には、石作りの慰霊碑が建っている。慰霊碑に、ここで亡くなった人の名前は記されていない。行方不明者をどうするか、と議論になり、住民のあいだでも意見がまとまらず、すべての人が手を合わせられる碑になったと聞いている。

低い岩山の下を通る道路を、向こう側に抜ける。月明かりに照る漁港が見えてきた。漁協の支所ビルの前の岸に沿った場所や、反対側の防波堤に沿った場所など、漁師それぞれにあてがわれた場所に係留してある漁船が、膝を抱えて出番を待つ大きい人間の影に見えてくる。ぎぃ、ぎぃ、と艫綱《ともづな》がこすれる音が、彼らの、いつ出られるんだよ、と嘆く声に聞こえる。からだを左右に揺らしながら、もう腕がさびちまうよ、足が萎えちまうよ、と、浅いまどろみのなかで、うめき声を上げている。

「文さん。文さん。着いたぜ」

ほんの短い時間でも、すぐに眠れるのが漁師の特技だ。

舟作がダイビングの器材を荷台から下ろし、文平が車を駐車場に入れにいく。

風が強まっている。着替えるために薄着になった際、寒けをおぼえた。ドライスーツを着込んで、ちょうどよいくらいだ。文平も防水性の上着を重ね着して、毛糸の帽子をかぶり、ほっほっと白い息を吐きながら階段を下りてくる。

舟作が器材をセットする。文平は坂を下って、海水にふれる。

「早く行って、早く戻るのが賢明だな」

という彼の言葉を受け、舟作は空を見上げた。少ない雲が流れている。

小型ボートは、波の上を弾みながら、文平の技術のおかげで、危なげなく走った。

月光だけを浴びる海を無心で見つめつづけていたせいか、目の端からいきなり飛び込んできた人工的な光の強度に、本能的な恐怖をおぼえた。

小型ボートの方向が変わって、〈光のエリア〉に近づいていたことを知り、肩の力を抜く。前回見かけた、付近の海を警備する船の姿はなかった。

「あそこで働いてる現場の人たちにゃあ、クリスマスも正月もねえんだろうな。ご苦労さまなことだ」

ねぎらいをこめた文平の声が、背後からの風に乗って聞こえる。今夜も照明灯は、過剰なほどに煌々と一帯を照らしていた。

失われた町を、海側から正面に見る場所へ来た。冬の空気に月の光が冱《さ》え冱《ざ》えとし、岸から先の陸地側の情景が思いのほか定かに浮かび上がっている。高くなった波が、かつての町の奥にまで打ち寄せている。

四月に初めてこの場所を訪れたときと同じ地点であったかどうかはわからないが、コンクリート製の壁か柱の名残だろう、黒い固まりに向けて、波が当たり、白くひるがえるように光っている。近くに同じような場所があるらしい、ところどころで波が白く映える。

目を凝らすうち、以前と同じく、白い鳥が翼を広げて飛び立っていく姿に見えてきた。羽ばたく鳥は、あちらこちらに散っていて、小さいものを含めると十羽以上見られた。波が打ち寄せるたび、あの町の底から生まれ、翼を広げて飛び立ち、虚空へ見えなくなっては、また新しい鳥が生まれて、飛んでいく。

「行こうや」

文平に促され、舟作はオールを漕いだ。この辺りだな、という文平の声を聞いて、オールを海から上げる。アンカーが下ろされる。波が高くなってきており、一つでは心もとない。用意してあった二つ目のアンカーを、文平が下ろす。

舟作は、タンクごとBCを背負い、フルフェイスのマスクをかぶる。前回、潮の流れが速くなっている場所があり、一つところで長く留まっていることが難しく感じたため、今回はアルファベットのJの字に似た、大きめの鉤を用意した。本来は、ロープをたぐり寄せたり、大きい魚を引っかけて運んだりするときに用いるが、これを海底に突き刺し、からだを安定させるつもりだった。腰のアンカーベルトに、刃先に気をつけて差す。

「波がいやな感じになってきた。底のほうの海流《ながれ》も、十二月も末になって、変わってきてるはずだ。絶対無理はするな。なんなら、早めに上がれ」

小さい船でも船長である文平の指示で、舟作はタイマーを五分早くセットした。

船縁に腰を下ろし、OKサインを出す。文平もサインを返す。舟作は呼吸のリズムを整え、背中から海にエントリーした。

5

時間が惜しい。この辺りの様子はおおむね把握している。ヘッドライトを点け、ヘッドファースト、つまり足からではなく、頭から潜降する。

耳抜きをたびたびおこない、着底前に水中ライトを手にして、心当たりを照らした。

海流が確かに変わっているのを感じる。向かって左からゆるやかに流れ込んで、岸へいったん近づいたのち、また沖へと戻って、右へ半円を描くかたちに流れていたのに、流れが速くなって、岸側へは近づかずに、ほぼストレートに右へ流れていく。

急流の河を横切る感覚で岸側に近づく。そこから反転して、目標となる物を探す。水も濁っている。こまかな粒子の漂流物が多い。まるで軽く吹雪いているかのようだ。

あれか、と思う場所へ近づく。マンションか団地の各部屋に水を供給していた巨大な貯水槽が、海底の泥から半分ほど現れている。前には見なかった。ポイントがずれたのだろうか。速くなった潮の流れに注意して、ダイブコンピューターで水深と自分のいる位置を確認しつつ、沖側へ進む。墓標にも似たまっすぐ建っている柱状のものを見つけ、海流の影響を比較的受けにくい海底に身を屈めて、這うようにして近づいた。

透子の夫の車だった。底部を岸側に向け、ひしゃげた車の前部を海底に着け、後部を海面に向けて、いわば倒立した状態になっている。

老人福祉施設の名前がボディに入ったワンボックスカーの姿は近くになかった。流されてしまったのか。透子の夫の車より沖側へ身を乗り出すと、海流にぐっと持っていかれそうになる。その先の沖側は、流れに乗って水中を走る雑多な粒子の密度が増し、強い吹雪を前にしたのも同じで見通しがきかない。

透子の夫の車のなかを慎重にのぞく。閉めたはずのダッシュボードの扉が開き、指輪はなくなっている様子だ。流れの勢いから身をかわす壁として、車の陰に入る。それでもからだが安定しない。腰の鉤を抜いて、深く食い込みそうな場所に突き刺す。鉤の根もとには短くロープを結んであり、腰のベルトとつながっている。

身の安定を得て、周囲の写真を撮り、探索をはじめた。車を動かすくらいの変化が生じたせいか、海底の砂と泥も一度深く掘り返された感じで、砂はもちろん泥も簡単に掘り進められる。プラスチック板、折れ曲がったアルミ棒、板切れ、布切れ……あまりに物が多い。地震の影響もあって、ほかの場所で表に少しずつ出てきた品々が、潮の流れにあおられ運ばれ、この車にぶつかって下に落ち、積み重なった可能性がなくはない。

子どもの靴が泥のなかから出てきて、ふわりと浮いた。捕まえて、貝入れ網に入れる。近くの泥を除くと、幼児用の靴が複数出てきた。どこかに名前が記されているかもしれない。靴の持ち主がみな被災したかどうかはわからない。ともかく、できるだけ多くの人の靴を持ち帰りたいので、片方だけを網に入れ、置いていく靴は写真に撮る。

体育館などで使う上履きや、トウシューズも出てきた。どういう不思議だろう。海中に子どもの靴を好む何者かが棲んでいて、この場所にコレクションしていたのかと疑う。

自分の呼吸音の合間に、妙な音が聞こえた気がした。ライトを上げ、周囲を見回す。光の輪のなかで、倒立した車が前後に小さく揺れている。車体が軋む音かもしれない。車に近づき過ぎると、万が一こちらに倒れたときに下敷きになる。

安全なところまで距離を取る。鉤を新たに海底に刺し、周囲の砂と泥を払ってゆく。腐食して元の形がわからなくなったもの以外は出てこない。

車の真下付近にしか、品物は集まっていないかのようだ。危険を承知で、車の陰に戻った。車の状態に注意を払い、砂の下にあるものを、指先に伝わる感触で捉えていく。

プラスチックの破片。陶器のかけら。次に、薄い金属板の感触を得て、掘り進める。スマートフォンが出てきた。さらに違う種類のタブレット端末が二台現れる。潮の流れのいたずらで集まったのか、店の商品がまとまって流れてきたのか。都ちゃんが職場でよく聴いているデジタルのオーディオプレーヤーも出てきた。

この場所は、漁師にとって高級魚の集まる重要なポイントと等しいかもしれない。貝入れ網が、大量の獲物を入れたときのように膨らみ、重くなる。

車が海底と接しているぎりぎりの隙間に、ライトの光をはね返す物体があるのに気がついた。からだが車に接触する可能性が高い場所だ。危ういバランスで倒立している車が、接触によってどのような状態になるか判断がつかない。だが、あと六分。いまを逃したら、二度とチャンスはないだろう。

手を海底に着け、倒立した車の、ほぼ真下に這い寄る。エンジン部分に頭が直接ふれるくらいまで近づいて、海底と車の接している隙間の砂を払った。

髑髏《どくろ》が現れた。安物のネックレスだ。貴金属とは呼べないだろうが、置いていく。つづいてチェーンが出てくる。時間がないので、あえて掘らない。金属製の輪が現れた。掘る。リングをつなげたブレスレットだった。置いていく。

目の端を影がよぎる。魚か……。振り向くと、ヘッドライトの光に、人間の裸の上半身が浮かんだ。ぼろぼろに皮膚が剝がれ、顔は半分失われ、胸がえぐれ、右腕がなく、腹から下がまっすぐ断ち切られていた。

マネキンだと気がつくのに、時間がかかった。家屋のあいだにでも挟まっていたものが、何かの拍子で離れたのか、舟作の目の前の海底を転がり流れていく。驚きのあまり、からだがしぜんと車のほうへ傾いていたのだろう。振り向いた姿勢を元に戻そうとしたとき、肩が車のエンジン部に当たった。

痛みより、恐怖で身が締まる。じっと待っていてはいけない。砂が舞うのも構わず、海底の地面を蹴って、車から遠のこうとした。固い泥の場所に刺した鉤が、逃れるのを妨げる。いったん沖側に揺れた車が、反動で岸側に戻る。あえて車体に肩をぶつけて押した。直後に、海底から鉤を外し、車から離れる。岸側に身を投げ出した舟作を、砂と泥が激しく追いかけてきた。

凪の海なら、しばらく辺りが見えなくなるだろう。海水の流れが速いため、舞い上がった砂や泥が吹き払われる勢いで流れ去る。

舟作は自分のからだを確かめた。どこも怪我はない。ドライスーツの肩口が切れている。冷たさは感じないので、まだ水は入ってきていない。だが、いったん水がドライスーツ内に浸入しはじめれば、一気に全身が海水に浸される。これ以上長居するのは危険だ。ちょうどアラームが鳴った。警告ランプが点滅する。

透子の夫の車を確認する。沖側へ倒れ、ルーフを海底に着ける形になっていた。倒れた勢いで、少し弾んだのかもしれない、沖側へかなり進んだ様子だ。その辺りから、海底は沖に向かって下りの傾斜となっており、いまもじわじわと滑っているかに見える。

海底を両手で押して、浮上する。ひとまず安全停止をすべき深度五メートルを目指す。鉤をたぐり寄せ、腰のベルトで留める。貝入れ網が重い。からだの下方に長く引きずる形になっている。網がどこにも引っ掛かっていないか、品物がこぼれていないか、下を見て、水中ライトを向けた。

車が倒れた拍子に舞い上がった砂や泥は、大方が流されていた。舟作が探索していたポイントの砂と泥も吹き払われ、深い場所に沈んでいたらしい品々が表面に姿を現したのか、ライトの光を受けて、ある区画がチカチカとまたたいている。

舟作はアラームを止め、頭を海底へ向け直し、引き寄せられるように再び潜降した。

腕時計が複数目に入る。表面が割れ、針が失われているものが少なくない。ブローチ、コサージュ、イヤリングなどのアクセサリーもところどころに見える。重さや形状が似ているのか、デザート用のフォーク、ティースプーンも散在していた。

舟作は着底はせず、ライトの光をはね返す品々の上を浮遊してゆく。移動しながら、目よりも鼻に頼る。実際の嗅覚ではなく、勘と呼ばれる脳内の嗅覚だ。

ある場所で、匂いを感じた。海のなかにはないはずの、木や草の薫り。春から初夏に萌える草花から匂い立ついのちの香り。あおり足で、潮の流れに抗して近づき、その場所の砂を慎重に払う。蔓のからまる樹木の下で、男が手を伸ばして愛する人を抱擁するデザインの指輪が現れた。

その指輪を、白い珊瑚が貫いている。

拾い上げようとして、手を止めた。白い珊瑚と見えたものは、指の骨だった。

爪に近い先端部も、手の平に近い部分も失せて、第二関節の前後、約六センチばかりの、たぶん薬指のものであろう骨の中央付近に、指輪がはまっている状態だ。舟作はマスクの内部で深く息をついた。

手早くカメラで写して、指骨《しこつ》の端をつまみ上げた。潮でからだが流れる。途中まで上げたところで、グローブの指先から骨が離れた。指輪ごと、骨が潮の流れに乗る。手を伸ばすが、届かない。フィンを大きく振って、指輪を追う。いつ互いが離れてもおかしくないのに、海流の勢いが圧力になってか、指輪と骨は一体となって流れていく。

アラームを消したので、時間がわからない。だがタンクの空気はまだ持つはずだ。あと少し、もう少し、と手を伸ばす。海中を走る粒子の吹雪が勢いを増し、視界を閉ざす。指骨と指輪が吹雪の向こう側に見え隠れする。引きずり込まれそうな潮の流れを感じた。

これまでは海底と水平方向の流れだったが、斜め下六十度くらいの急角度で落とし込む流れだ。地滑りを起こして、断崖のごとく、果てのわからない深みへと落ちていた場所が脳裏をよぎる。危険だ。いや、BCがある。深く落ちても、空気を入れて浮上すればいい。

冷静な判断とは言えない。そう訴える声が一方であるのに、指輪を手にする欲求に抗えなかった。引きずり込む流れのなかに、泳ぎ出ようとした。

右肩に、背後から手がかかった。からだが強張る。

誰だ？　文さんか？

左肩にも手がかかった。さらに右肘をつかまれる。

戻れ、戻りなさい。

諭すように、左肘をつかまれ、後ろに引かれる。腰のところにも手が回される。

何をしてる、せっかく助かった命なんだぞ、おまえを待ってる人がいるだろう。

前に出ようとした右足の腿を押さえる手がある。左足の膝にも手がかかる。後ろに引かれる。

舟作は、振り返る余裕もなく、ともかく流れから外れるために、岸側へ向かって懸命にフィンを振った。やがて強い海流から外れる。わけがわからぬまま、後ろを振り返った。

こまかい粒子が舞う潮の流れの吹雪の彼方に、遠ざかる人影があった。

両親に似た影、兄の大亮に似た影。見知らぬ人の影もある。子どもの影、年寄りの影、男の影、女の影……。人々の影は、すぐに吹雪の奥へと消えた。

ダイビングをしていると、まれに見ることのある幻影だろうか。血液に蓄積した窒素の過多によって生じた錯視なのか。内面の死の恐怖が、助かりたいという願望が、夢想的な形を結んで、自分を引き止めたということだろうか……。

巨大な魚の悲鳴が背後で上がった気がした。水中ライトを向けた。透子の夫の車が例の断崖にさしかかったらしい。先端が下方に消え、車の後部が斜め上に持ち上がる。虚空に咆哮する、海獣の姿を思わせる。次の瞬間、車は見えない力に引きずり込まれるように、辺りの吹雪を巻き込みながら消えた。

漂う粒子も同時に失せて、澄んだ海が虚空のごとく遠くまでつづく。と思うと、すぐに下から猛々しく粒子の吹雪が噴き上げ、虚空を埋めた。

車が落ちたときに生じた潮の逆流が、舟作のもとまで届く。小さな光がこちらに向かって流れてくる。三日月に似たティアラが連れていってほしいと求めたように、小さな星に似た光が近づいてくる。星が流れてくる。

舟作は願い事をした。どうか、安らかにお眠りください。


海面に浮上した。文平がボートを漕ぎ寄せてくる。舟作は、文平にフィンと貝入れ網の紐を渡し、簡易ハシゴをのぼった。ボートに上がり、舳先に向かって腰を下ろす。マスクを外し、BCを下ろした。

「ばか野郎っ」

文平の怒鳴る声が背中を打つ。いや、実際に背中を叩かれた。

「いい加減にしろよっ。今度という今度は、殴るぞ、おい」

と、聞こえる。うなだれる。フードをかぶったままの頭を強く殴られた。

「どうしたかと思うだろ。おれがいっそ潜ろうか、助けの電話を掛けようか、人がどんな想いをしたと思ってんだ。おまえに何かあったら、合わせる顔のない相手が何人もいるんだよ、大ばか者がっ。もう一遍殴るぞっ」

頭の、別の場所を殴られた。グローブもフードも取ることができず、うなだれたまま動けない。

「おい……どうした。調子が悪いのか。気分、悪いのか」

文平が、舟作の背後から首を伸ばし、顔をのぞき込む。おい……と、文平が気づかう声でささやき、LEDライトを前に持ってくる。

「どうした、おまえ……そんなに、強く殴ったわけじゃねえんだけどな」

「おれは……」

「ああ、なんだ」

「助けられた……親父や、お袋や、兄貴や、知らない人に……きっと、海で命を落とした人たちに」

間を置いて、文平が舟作の肩を厚い手の平で包んだ。

「おう、そうだよ。いま頃わかったかよ。おまえはな、そういう、いろんな人に助けられて、生きてきたんだよ」

彼が取り違えてだろう、諭す口調で言う。

いや、そうじゃなく……。言い返しかけて、そうなのか、と思い直した。確かにおれは、ずっと助けられてきた。家族や、知り合いや、見知らぬ人たちにも助けられ、どうにかこうにか、ここにいる。ここまで、つながってこられている。

「舟作、おい、何だよ……そんなに痛かったのか、おれはそんなつもりじゃ……」

あの日、外に表せなかったものが噴き出してくる。顔を覆うことも、ぬぐうこともできずに、腕を足のあいだに垂らしたまま、子どものように、この泣き虫め、と、兄にからかわれた頃を思い出しながら、いまだけはこらえるのをやめ、すべての感情があふれ出てくるのを、自分に許した。

しばらくしてボートが走りはじめた。

6

透子は窓際のテーブルに着いていた。初めて見たときのように、髪を少しずつ縒り合わせて上品な形にまとめている。

冬の時季に合う沈んだ色調のジャケットとスカートを身に着け、なかに白いブラウスを着ている。座席の横に黒いコートと茶系のスカーフが置いてある。テーブルに安物のカップが出ていた。出涸らしの薄いコーヒーを頼んだようだ。

幸い今日は客がほかにいない。舟作が進んでいく途中で、いらっしゃいませ、と女性従業員の声がする。透子が顔を上げた。不安と期待に瞳がふるえている。舟作は後ろを見て、コーヒーを頼んだ。

透子の前に腰を下ろす。両手を着なれた革ジャンのポケットに入れたままでいる。

「ご苦労さまでした」

透子が丁寧に頭を下げた。「今回、とても多くの品物を持ち帰ってくださり、ありがとうございます。会員の方、皆さん、テーブルの上を見るなり、わあっと驚いて、一つ一つ手に取りながら、おかしな話にはなりますけど、喜んでいらっしゃいました。データが復旧しないと、誰のものかわからない機器もありますけど、たとえ家族のものでなくても、ともかく引き上げてもらってよかったって、ダイバーの方に感謝したいって、珠井さんに口々におっしゃってました」

舟作は、黙ってうなずくかたちで、彼女の言葉を受け止める。

「でも……」

と、透子が声を落とした。

「お待ち遠さまでした」

コーヒーが運ばれてくる。小太りの女性従業員が、カップをテーブルに置きながら、舟作と透子の横顔をうかがう。どんな関係だろうと推し量っているのだろう。気を揉まなくても、もう来ることはないよ、と言ってやりたくなる。

「でも、何ですか」

女性従業員が去って、舟作は透子に尋ねた。

「でも、指輪は、見つからなかったようですね」

透子の声は淡々として、失望とも安堵とも判断できない。まだ迷っているのだろう。

「指輪は、ありました」

舟作は告げた。透子が眉をひそめ、彼の言葉をもう一度求める。

「あなたの指輪とペアの、蔓のからまった樹の下で、男性が愛する人を抱きしめようと手を伸ばしたデザインの指輪です。旦那さんの車の下に埋まっていました。車が潮で流されたために、外に現れてきたんです」

「本当ですか……でも、写真はありませんでした。撮らなかったんですか」

撮った。だが指の骨が写っている。妻である人に見せるのは、酷だと思った。夫の死を認めるだけでもつらい。その上で、新しい道へ踏み出そうというときに、指の骨は彼女の心に突き刺さり、引き止めてしまう気がする。陸に上がったあと、記録は消去した。

「見つけたときには撮りませんでした」

「なぜです」

「潮の流れが速くて、こちらが流されずにいるのがやっとでした」

「それで本当に、夫の指輪だと確認できたんですか。海底の、光のない場所でしょ。流されそうだったなら、はっきりとは確認できなかったんじゃないですか。見間違いの可能性もありますよね。とても細かいデザインです。よくよく見て、やっとわかる精緻なものです。ほら、このくらい離れただけでも、もう樹や蔓の模様、人物の様子もわからないでしょ」

彼女がその場で左手を上げ、指輪をこちらに向けてみせる。

「間違いないです。確認しました」

「だって……」

彼女が見開いた目をそらし、じれったそうに腿のあたりを打つ勢いで、手を下ろす。

「……夫の死を、認めるかどうか、決めなければいけないんです。一番大事なことを決めるための指輪なんです。あなたの話だけで、それを……」

彼女は、指輪をした左手を右手で包み、唇を引き結んだ。こみ上げる感情を押し戻すように、両手を二度三度腿の上に押しつけて、深く息を吸って吐き、表情を落ち着かせる。

「ごめんなさい。瀬奈さんのことを疑う、ということではないんです。命懸けで潜ってきてくださった方が、その目で見てきたことを信じないとか、そういうことではなく……ただ、わたしの気持ちとして、はっきり確認できないものを、認めるというのは……」

声がふるえ、平静を保とうとした表情も崩れていく。目に涙が浮かび、それを怒ったような顔でこらえる。

「もしかして、こんな疑うようなこと、失礼かもしれませんけど……わたしのために、本当は見つかってもいないものを、見つかったと、おっしゃってるんじゃ……」

彼女は言いかけて、やはり言ってはならないと自制してか、口を手で覆い、顔を窓のほうにそむけた。

彼女はまだ夫に愛着を抱いている。その死を認め、ほかの相手を受け入れて、なお心の底で愛しつづける、という複雑な心の働きが可能なほど、内面は成熟していない。きっと夫とともに成長していくはずだったろう。喜びだけでなく、悲しみを共有し、互いを慰め、励まし、また一方で何度も言い争いをし、互いの無理解に腹を立て、ときには離婚も考えながら、時間を重ね、経験を積んで、つねに一緒にいようと求め合う愛着は、別れていても揺るがぬ愛を感じ合える関係へと成熟してゆくはずだったろう。なのに、その前に相手を失った。

話だけでは、まだあきらめられないに違いない。けれど、夫の存在を感じ過ぎても、距離を置くのは難しいだろう、と舟作は認めた。

革ジャンのポケットから右手を出す。写真を二枚、テーブルに置く。

透子が写真に目を落とす。あ、と息を呑み、写真を手に取った。

「珠井さんに、この写真は提出しませんでした。プリントだけして、記録は消しました。あなたのしている指輪は目立つから、珠井さんはきっと見てると思う。ほぼ同じデザインの指輪を、おれが見つけて、あなたが旦那さんのものだと認めれば、珠井さんのことだ、あなたが、おれに会いたいと願った理由を理解し、おれに会って指輪を探すように求めたのだろう、おれもそれに応えたんだろう、と察すると思う。それは裏切りのようなもので、珠井さんを傷つける」

一枚目の写真には、透子の夫の指輪が大写しになっている。水中ではあるが、ピントはしっかり合って、精緻なデザインを鮮明に写し出している。二枚目は、指輪の裏側を写したもので、リングの内側に彫り込まれた、彼女の夫のイニシャルが読めた。

写真を見つめる透子は、深く、長い、悲痛な息を洩らした。

彼女が暗い水底に沈んでいくのを感じ、舟作はとっさに右手を伸ばし、彼女の左の手首をつかんだ。透子が恐る恐る目を上げる。舟作は強く見つめ返した。

沈んではいけない、戻ってこなければいけない。あなたは生きているのだから。

透子の瞳に光が戻る。いまいる場所がどこか理解し、自分の行動に責任を取れる理性を持ち直したことが感じられる。

それは悲しい理性かもしれない。舟作は、彼女の心を思いやりながら、手を離した。

透子が写真をテーブルの上に戻した。手はなお写真の上に置いたままでいる。

「この……指輪は……いまどこに」

「見つけたあと、旦那さんの車のダッシュボードに入れました。車は、潮で流され、沖へ沈み込んでいきました。たぶんもう上がることはないと思います」

舟作は、低く、しかしきっぱりとした声で告げた。

透子が、両手を祈る形に合わせ、その祈りで悲鳴を押さえ込むように唇に当てる。まぶたを閉じ、押し出されてあふれ落ちた涙が、二すじ頬を流れた。

舟作は目を伏せ、コーヒーを口に運んだ。ただの湯かと思う。

「ここで、コーヒーを飲むのも、最後です」

カップをテーブルに置く。右手を革ジャンのポケットに戻す。

「珠井さんと、春になってまた潜るかどうかは、あらためて決めようと話しました。本当は、おれたちがやらなくて済むなら、それにこしたことはない。正式に、ちゃんとした機関が潜ると決めてくれるなら、それが一番いいと思う。皆さんに余った負担金を戻して、これまで集めた品々も公表できるし。相棒は、臨時収入がなくなるのをいやがるかもしれないけど、せっかく見つけた指輪とか、思い出のネックレスとか時計とか、そういうものを戻すのは、やっぱり違うと思う。まして、おもちゃの指輪やティアラにまで、いちいち気をつかうなんて」

透子のところから、気持ちを静める息づかいが聞こえる。

「潜るのは、おつらいですか……できれば、もう、潜りたくはないですか……」

涙の混じった声で、彼女が訊く。

もう一口、コーヒーを飲もうとして、控えた。

「誰もやらないなら、また潜ろうと思います。あの海から、思い出の品を持ち帰ってきたいと思います。それが、生きているから果たせる、おれの役目のようにも思うから」

「それが、瀬奈さんが、求めておいでになった、答えですか」

「……なのかな。わかりません。ただ、潜るとしたら、願いが一つあります。いや……これは夢みたいなもので、おれが潜る限りは、叶わない願いなんだろうけど」

「どういう願いです」

「太陽が、空高くのぼっているときに、潜りたい」

無意識に宙を仰いだ。ホテルの天井を貫いて、宇宙から差し込む光の帯の重なりが、ゆるやかにふるえる。

「海底まで日の光が届くもとで、あの場所を見渡したい。すべてを見渡したことは、まだないんです。以前は、まだ恐れる気持ちがあったけど、いまならちゃんと見届けられるだろうと思う。ただ、そのときには、悲しみや怒りや、胸の張り裂けそうな想いを離れて、人々の、幸せだった暮らしのあとをたどるように見渡して、静かに泳いでみたい……。ここでは、きっと人が笑っていただろう、愛し合っていただろう、幸せな時間を過ごしていただろう、と想像しながら、潜ってみたい……。そして、たった一つ、永遠に自分の思い出となるものを拾ってきたい。人々の大切な暮らしが刻印された化石のように思って、しっかり生きるためのお守りにしたいから」

波の動きに合わせて揺れる水中のオーロラが、やがて引いていく。

「さようなら」

舟作は顔を下ろし、正面から透子を見つめた。

「ありがとうございました」

と、透子が答える。

左手はまだ革ジャンのポケットに入れたまま、右手を革ジャンの胸の内ポケットに入れ、封筒を出し、伝票のそばに置く。

「以前いただいたお金、お返しします。ここは、ごちそうになります」

「わかりました」

透子が素直にうなずいた。

では、おしあわせに、という言葉が口をついて出そうになり、危うく止めた。出過ぎた言葉だ、すべては彼女が決めることだから。

「では、お元気で」

「瀬奈さんもどうか、おからだを大切に」

舟作が椅子から立つ。彼女も立って、深々ときれいな姿勢で礼をする。こんな女が女房だったらと思う。短い期間は楽しいだろう、だが、きっとうまくいかない。海に流れがあるように、人の世にも流れがある。

革ジャンに突っ込んだ左手のなかで、指輪を握りしめた。

あのとき、自分のもとへ、連れていってほしいと求めるように、漂い流れてきた小さな光は、透子の夫の指輪だった。指の骨は離れていた。舟作は浮上する寸前、指輪をつかんだ。

写真は、小型ボートを陸揚げしたあと、文平が車を取りにいっているあいだに、波が打ち寄せる場所まで下りて、海中で撮影した。でなければ、あれほどピントが正確に合うものではない。どこで撮ったかなど、透子にわかるわけがないし、どこで撮ろうと関係はない。

透子の、夫への想いが、もっと成熟したものであったなら、夫の友人だった男と再婚しても、その再婚相手を愛しながら、かつての夫との暮らしを罪悪感なく思い返せるくらいに、人生への向き合い方にゆとりがあるなら、指輪を返してもよいと思っていた。

あなたも、と、透子の夫に、心のなかで語りかける。あなたも、彼女の元へ戻ることはあきらめてください。みんな、少しずつ、大切な何かをあきらめているのだから。

この指輪は、自分が持っていようと思う。人々の大切な暮らしが刻印された化石として、秘かに守っていこう。

「じゃあ、行きます」

舟作が言う。

「さようなら」

透子が言う。

舟作は歩きだした。振り返ることはなかった。喫茶室を出ていく際に、ありがとうございました、またどうぞ、と聞こえ、つい笑みがこぼれた。


カラオケ店の前に、小型トラックを止める。

オレンジ色の制服を着たままの満恵が、玄関に現れる。周囲を見回して、トラックの運転席に駆け寄り、窓を下ろした舟作に、困った顔を寄せる。

「交替の子が来ないの。今日これで上がったら、お正月三日までお休みをいただくから、勝手に出られない」

「いい。待ってる」

満恵の眉が開く。

「ごめんね。ありがとう」

野暮ったいオレンジ色の制服が駆け戻っていく。玄関先で振り返り、周囲に見つからないように、小さく手を振って、店に戻る。猛り狂う嵐のなかで、叩きつぶされそうになったときもあった。だがいまは、よい潮の流れにあって、落ち着いていられる。妻や子どもたちにとってはどうだろう。

門屋に連絡し、ショップまで小型トラックを戻しにいき、門屋の自家用である左ハンドルの車を借りた。四十分後に、着替えた満恵が、

「わ、これ、門屋のおにいちゃんの車じゃない？　借りたの」

と、嬉しそうに助手席に乗った。「でも、この車が、ホテルの駐車場にあるのが見つかったら、おにいちゃんが誤解されない？」

舟作はラブホテルの前を通り過ぎた。

「……パパ、どこに行く気」

満恵が不審顔で尋ねる。

「水希と暁生を迎えにいこう」

「迎えて、どうするの」

舟作は答えず、児童館へ乗りつけた。児童館も明日から正月三日まで閉じるため、子どもたちは念入りに顔なじみの職員や友人たちと別れの挨拶を交わした。

「ねえねえ、どこに行くの、どこ行くの」

後部席に乗った子どもたちは、興奮気味に舟作に問いかけつづける。

三十分ほど走って、海浜公園の駐車場に車を止めた。海へ流れ込む河口付近に設けられたバード・サンクチュアリに、水希と暁生が競うように駆けていく。そのあとを追って舟作が歩き、満恵は公園事務所へ双眼鏡を借りにいった。

海岸線の広い範囲が柵で囲われ、人間が入れない野鳥の保護区として守られているバード・サンクチュアリ内には、この時季、様ざまな地域から渡ってきて、日本で過ごす鳥が増えるため、

数も種類も多くの水鳥が見られた。干潟《ひがた》や浅い水辺にいる魚や貝や虫を食べたり、瞑想中であるかのようにじっとたたずんでいたり、空を飛び回って気に入りの場所に降りては、別の鳥に追われてまた飛び上がる、ということを繰り返したりする鳥たちを、水希は図鑑で覚えたのだろう、ハマシギ、セイタカシギ、シロチドリ、カモメ、ダイサギ、クロサギ、カワウもいる、と声を上げて、暁生に教え、舟作を振り返る。

「借りてきたよぉ」

満恵が、三つ借りてきた双眼鏡を、水希と暁生に渡し、舟作にも渡そうとする。

「おれはいい」

と、満恵に譲り、柵にもたれて河口付近を双眼鏡で眺める三人を、背後から見守った。

ほら、ママ、あれだよあれ、と水希が声を上げ、どれどれ、ああ本当だあ、と満恵が答える。どれのこと、と泣きべそをかくように暁生が言い、満恵が教えてやり、水希も寄り添って、ほらあそこ、と指を差す。あ、見えた見えたと、暁生が歓声に近い声を発する。

満恵が舟作を振り返った。意味ありげに夫を見つめ、柔らかくほほえむ。水希と暁生が呼んだため、顔を戻して、えーどこどこ、と訊いて、双眼鏡を目に当てる。

いま妻は、祈っているのだろう。自分たちがこのように恵まれていいのか、やましさをおぼえながら、申し訳なさを感じながら、いるかどうか本当にはわからない相手に向かって、感謝の言葉を、心のなかで唱えているのだろう。

「パパ、いたよ」

暁生が振り返って言った。

なに、と目で問う。

水希も振り返って、彼に教える。

「思い出の実を運ぶ鳥」

え、と視線を、柵越しに彼方へ送る。

白い大型の鳥が翼を広げ、飛び上がる姿が見えた。羽ばたきは大きく、力強い。ほんの数度で上昇の流れをつかみ、夕焼けに染まりはじめた空へのぼってゆく。

その鳥が飛びゆく先には、すでに先行する鳥の影がある。さらに先にも、ほのかに色づいた雲の重なり合うなかに、悠々と羽ばたく鳥影がある。群れだろうか。どんな約束の地を目指して飛びゆくのだろう。そしていま、飛び上がったばかりの鳥を追いかけて、新たに白い鳥が翼を広げて、空へ舞う。

「見えたぁ?」

暁生が笑って訊く。

「いたでしょう?」

水希も笑って訊く。

満恵もほほえんでいる。

「いた」

と、舟作は答えた。

三人が顔を見合わせて笑い、飛び立つ鳥へ顔を戻す。

舟作は、三人の背中を見つめた。左手を革ジャンのポケットに入れ、化石を握る。

「ありがとう」

思わず口をついて出た。白い鳥が羽ばたき、次々と飛び立ってゆく空を見上げ、鳥影が消えゆく雲のその向こうへ視線を送る。

海底から光の帯がゆらめきながら差し込んでくる海面を、海面の外に存在する光源を、鈍重で不自由で無力な生き物が、その美しさに憧れて、引き上げてもらいたいと渇望して、でなければせめて見守っていてほしいと願いをこめて見つめるように、精妙な色合いに輝き広がる果てを仰ぎ見て、やましさと、申し訳なさと、いたらない自分を責める気持ちをぬぐえず抱えながら、なお胸の底からこみ上げてくる想いを、そっと口にする。

「ありがとうございます」

目を下ろせば、落ちゆく日の光を柔らかく照り返す海がある。波の下に眠るあまたの町や人々を悠然と包み、穏やかにたゆたいつづけている。

いま見る海がいつか山となり、その山の近くに暮らす子どもらが、遊びで土を掘り返し、人々の幸いの記憶を手にするときがあるだろうか。手にした化石に刻まれた人々の笑顔と、その笑顔を愛した者の涙とが、いまの彼らを存在させているということを知る日が来るだろうか。

子どもたちが舟作を呼ぶ。うなずき、家族のもとへ歩きだす。月はまだ見えない。今夜の月は午後九時半頃にのぼり、明けて午前十時前に海に沈む。そしてまた午後十時過ぎにのぼる。

謝辞

四年が過ぎたばかりの初夏、線量計を手に、破壊されたままの港町を訪れました。

被災直後、一年後、三年後と、波にさらわれた別の地域を訪れ、住民の方と話を交わしましたが、その港町に住民の方の姿はありませんでした。防護服に身を包んだ作業員の方が、除染廃棄物のつまった袋をクレーンを使って黙々と積み上げ、やはり防護服を着た警備員の方がそれを離れた場所から見守っていました。

地盤沈下のために波に洗われる桟橋から曇り空の下の暗く穏やかな海を眺め、コンクリート製の家々の土台ばかりが草のなかに残る町のなかを歩き、〈光のエリア〉が見える海辺に足を踏み入れました。打ち寄せる波に手をふれて誓った「書く」という行為への約束を、確かに果たせたかどうか。すべては、この物語を書かせてくださった方々に、感謝の念とともに、委ねます。

目に見える形で、わたしと物語を支えてくれた文藝春秋の編集者たち、熱い思いを抱えて伴走してくれる大嶋由美子さん、執筆のきっかけと場を与えてくれた武田昇さん、資料を揃え現場にも同行してくれた笹川智美さん、長く寄り添いつづけてくれている荒俣勝利さんに感謝します。

また、管理や営業など様ざまな立場で拙著に関わってくださっている同社のスタッフの方々、多くの人に届けようと努めてくれている香田直子さん、素晴らしい装丁に仕上げてくれた関口聖司さん、ダイビングの場面や被災現場の状況の記述をチェックしてくださった方々、よりよい表現のために指摘をくださる校正の方々にも感謝します。

雑誌連載のおりには、日置由美子さんが、ときに読者の心を揺さぶるような、ときに優しく慰撫するような、心にしみいる挿絵を描いてくださいました。敬意をこめて深謝いたします。

装丁の写真は、物語がアイデア段階であったときに出会い、大切なイメージの一つとして、いつも机のそばにありました。使用の許可をくださった写真家の岡本隆史さんに、素晴らしい写真への称賛とともに、感謝いたします。同じく使用の許可をくださったダイバーの方にも、鍛えられたからだの線の美しさに感嘆するとともに、御礼申し上げます。

そして、内々のことですが、身内の者との暮らし、日常のことどもが、作品を支え、物語の内面にも影響を与えていることは事実です。決してわたし一人の創作ではないことを申し述べるためにも、あえてこの場に感謝の思いを記します。

多くの偶然や、予期しなかった出会い、タイミングのずれや重複が、執筆に際しては、どれも良い方向へつながる結果となりました。

すべてが恵みであり、導かれたように感じています。

遠い場所にいながら、執筆を絶えず励まし、叱咤し、背中を押しつづけてくださった方々へ、重ねて感謝申し上げます。

天童荒太

初出　オール讀物２０１５年８月号、10月号、11月号

著者紹介

一九六〇年愛媛県生まれ。八六年「白の家族」で野性時代新人文学賞を受賞、九三年『孤独の歌声』が日本推理サスペンス大賞優秀作となる。九六年『家族狩り』で山本周五郎賞、二〇〇〇年に『永遠の仔』で日本推理作家協会賞、〇九年に『悼む人』で直木賞受賞。一三年に『歓喜の仔』で毎日出版文化賞を受賞。ほか著作に『あふれた愛』、『包帯クラブ』、『静人日記』、画文集『あなたが想う本』（舟越桂と共著）、対談集『少年とアフリカ』（坂本龍一と共著）、荒井良二画の絵本『どーしたどーした』がある。近著に新書『だから人間は滅びない』。

ムーンナイト・ダイバー

二〇一六年一月二十五日　第一刷発行

著　者　天童《てんどう》荒太《あらた》

発行者　吉安章

発行所　株式会社　文藝春秋

〒一〇二‐八〇〇八
東京都千代田区紀尾井町三‐二三
電話　〇三‐三二六五‐一二一一（代）

印刷所　凸版印刷

製本所　加藤製本

ISBN978-4-16-390392-7

文藝春秋＊天童荒太の本

悼む人

この人は誰に愛され、誰を愛していたでしょうか。どんなことで人に感謝されたでしょうか。

不慮の死を遂げた人々を「悼む」ため、全国を放浪する坂築静人。「人の死んだ場所をうろつく男」という警部補の言葉から静人の身辺を調べ始めた雑誌記者蒔野、末期がんに侵された静人の母巡子、そして自ら手にかけて殺した夫の亡霊に取りつかれた女、倖世――《悼む人》と彼をめぐる人間模様が織りなす愛と憎しみ、罪と赦しの壮大な物語。誰かの生きた時間を抱きしめ、ひとり死してゆく孤独に魂ごと寄り添う稀有のひとを描いた第一四〇回直木賞受賞作。

（上下巻、文庫版あり）

静人日記

悼む、ということしかできない。その無力さがやりきれなくなる。

※文庫版は『静人日記 悼む人II』に改題

『悼む人』の続編にして序章である、静人が「悼み」の旅を続けるなかで綴った日記。時には拒絶され、理不尽な暴力さえ受けながら、彼の悼みはひとびとの心に波紋を広げていく。やがて或る六月、優雅な手話をつかう一人の女性に静人は出会う。悼みの記録を読んだ彼女は――。無数の人生と死のモザイクがちりばめられ、彼の目に映しだされた放浪の風景が心に滲みる一冊。

（文庫版には「可視と不可視のはざまで――悼む人、被災地にて」を収録）

少年とアフリカ（共著・坂本龍一）

音楽と物語、いのちと暴力をめぐる対話

文春文庫

いま、私たちをとりまく世界にあふれる暴力と無関心、そして若者たちの孤独。ベストセラー『永遠の仔』をめぐり、出会った二人の表現者がそれぞれの生い立ちや創作世界を通じて、救いの在り処をさぐる真摯な対話集。

Ⅰ　少年　Ⅱ　アフリカ　Ⅲ　イグノランス　の三章を収録。

（Ⅲ　イグノランスは文庫語りおろし）